KB009721

상처는 한 번만 받겠습니다

상처는 한 번만 받겠습니다

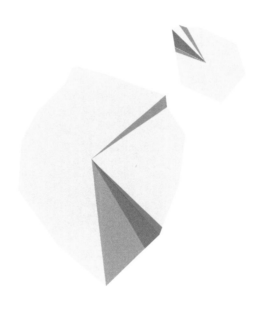

김병수
정신과 전문의

목차

1부

상담실 문이 열리다

우린 야박한 세상에서 살고 있습니다 10

무기력도 전염병입니다 14

염세주의자의 생존법 20

이 감정은 '짜증'이 아닙니다 25

나를 더 우울하게 만드는 태도 30

걱정을 위한 '걱정 시간' 34

하루를 어떻게 보냈나요? 38

당신의 의지력을 믿지 마세요 43

인간 알레르기입니다 47

이유를 찾지 마세요 51

뭐 어때요, 이게 난데 54

인생이 질문하면, 우리는 삶으로 대답한다 60

회피하면 안 되나요? 63

가라앉는 난파선에서 노 젓기 67

행복은 찾는 것인가 오는 것인가 72

2부 _____

의사 대 내담자

운동하세요? 78

5AM 클럽에 가입하라 84

명상이 별거냐 87

약 대신 달리기 91

일단 하고 보자! 96

전쟁이 터져도, 먹어야 산다 100

겉과 속이 어떻게 같나요 103

연애 상담은 하지 않습니다 107

재능 타령은 이제 그만! 111

상상의 산물들 116

현명하게 탁월해지자 121

추억의 밀도를 높여라 128

자기 산을 올라라 132

기쁨은 어떻게 찾아오는가 137

3부 _____

상담실을 나와서

잃어버린 나를 찾아서 144

거울 속의 거울 149

고민이랑 산책하기 154

내일의 나는 조금 더 기쁠 것이다 158

해봐야 알 수 있답니다 162

노랑이 되는 사람, 빨강이 되는 사람 164

과거는 이야기되어야 한다 168

진정한 자기를 알려주는 메시지 173

치료는 좋은 사람을 만들기 위함이 아니다 176

심리 치료도 디자인이다 179

인생 훈련에 끝은 없다 183

지금 여기를 벗어나 나를 찾기 187

우리가 아름다울 수 있는 이유 191

나라는 사람의 완성 196

묵묵히 나의 길을 걸어가는 수밖에 201

마음의 상처는 어떻게 아무는가 203

1부

상담실 문이 열리다

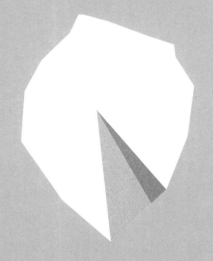

우린 야박한 세상에서 살고 있습니다

여린 마음을 고치고 강한 멘탈로 거듭나고 싶어하는 사람들이 종종 찾아온다. 나는 그들에게 이렇게 말해주곤 한다.

"마음 여린 게 문제는 아니에요. 나를 포함해서, 보통 사람들의 마음은 모두 다 커피잔이에요. 아무리 발버둥친다 해도 커피잔이 냉면 그릇이 될 수는 없어요."

누군가는 실없는 조언이라고 핀잔할 수도 있겠지만, 다시 한마디 덧붙인다.

"그나마 소주잔 아닌 게 다행이라고 여기고 사세요."

여러 의미를 담은 말이다. 유리잔을 아무리 갈고 닦는다 해도 쇠

그릇이 되지 않듯 마음의 본질은 잘 안 바뀐다. 억지로 바꾸려고 힘 빼지 말고, 있는 그대로 자신을 아끼고 사랑해야 한다. 이 말은 타인을 위한 조언 같지만 마음 여린 나를 위한 다독임이기도 하다. 나에게 고민을 털어놓으며 온갖 감정을 나눠온 내담자들을 위한 것이지만, 실은 나 자신에게 하는 말이기도 하다.

문득 나 자신이 정신과 의사 노릇을 한다는 것이 신기하게 여겨질 때가 있다. 마음 그릇이 작고 약한 내가 사람들의 불안과 우울을 담아낸다는 것이 가당키나 한 일인가 싶다. 지금까지 의사 노릇은 어떻게 했냐고 다그쳐 묻는다면, 우물쭈물할 것 같다. 그럴 때마다 나에게 주문을 건다.

"마음이 약해도 괜찮아."

나조차 다 실천하지 못하는 조언들을 책으로 펴내고 나면 부끄러운 마음이 들어 다시 들춰보기가 싫다. 완벽한 사람만 책 쓰는 건 아니니까 당당해도 된다고 자기합리화를 해보지만, 내가 쓴 글을 볼 때면 아무래도 얼굴이 붉어진다.

멀리 보고 강해져야 한다고 말하지만, 이게 말처럼 쉽지 않다. 나이가 들어도 성숙해지지 않는다고 자신을 탓할 필요 없다. 인간은 어차피 모두 불량품이다. 나이가 든다고 불량이 고쳐지는 법도 없다. 그래도, 우리는 그럭저럭 잘 살아가기 마련이다.

마흔을 훌쩍 넘긴 지금도 나는 약해빠진 마음을 부여잡고 산다. 힘든 일이 닥칠 때마다 담담하게 다 받아들일 수 있게 해달라고 기도했지만, 소원은 이뤄지지 않았다. 지금도 여전히 작고 얇은 마음을 찢어지지 않게 보듬으며 그럭저럭 살고 있다.

마음이 강철이면 꽃길 같은 인생을 살게 될까? 그렇지 않다.

20년 가까이 정신과 의사로 살면서 "나는 정말 낙천적인 사람인데 스트레스로 불면증에 시달리게 될 줄은 몰랐다"고 고백하는 사람을 많이 봤다. 마음에 날카로운 화살이 꽂혀도 아무렇지 않을 것 같던 이가 "죽고 싶다"며 눈물 흘리는 모습도 수없이 봤다. 쇠로 만든 마음이어도 어디선가 날아온 돌멩이에 찌그러질 수밖에 없다는 걸 눈으로 목격하고 귀로 들었다.

인간의 마음은 여린 것이 정상이다. 우리가 얼기설기 모여 사는 것도 본디 약한 존재라서 그렇다. 오히려 강한 사람이 부러지기 쉽다. 다치면 더 아파한다. 튼튼한 마음을 가지려면 심리적 유연성을 길러야 한다. 넘어져도 뼈가 다치지 않으려면 평소에 신체적 유연성을 길러두어야 하는 것처럼 힘든 일을 겪어도 좌절하지 않고 다시 일어서려면 마음에도 유연성이 필요하다. "반드시 해야만 한다"고 스스로를 다그치기보다는 "할 수 있으면 좋을 텐데"라고 부드럽게 자신을 다독일 줄 알아야 심리적으로 유연해진다. "완벽하지 않으면 실패야!"가 아니라 "최선을 다한 내 자신이 대견스러워"라고 말할 수 있는 이가 진짜 강한 마음의 소유자다.

그래도 여리고 약한 마음을 남에게 들키고 싶지는 않을 것이다. 나 또한 사람을 금방 믿고 친해졌다 싶으면 속없이 마음을 쉽게 내보이는 편인데, 이런 성격 때문에 내상을 자주 입었다. 여린 마음을 들키고 나면 만만한 사람으로 취급당한다는 것을, 뒤통수를 크게 맞은 뒤에야 깨달았다. 여린 성격을 고치고자 하는 사람들의 다짐도 더이상 당하고 살 수 없다는 절박함에서 비롯한 것이리라. 약한 본성을 드러내면 그로 인해 다치고 마니까 강함으로 자신을 무장하고 싶었던 것이리라. 멘탈이 강해지면 마음 아플 일도 없을 것이라 기대했을 테고. 하지만 마음이 약한 게 문제가 아니라, 약한 마음을 들켰을 때 득달같이 달려드는 세상의 야박함이 문제다. 팍팍한 세상을 당연하게 살아가면서 애꿎게 자기 마음을 탓했던 거다. 이런 사람들에게 "마음 약해지지 마"라고 조언하기보다 "마음 약해도 괜찮다"고 말해주고 싶다. "속을 다 내보이고 살지 말라"고 충고하고도 싶다. 무엇보다 바라는 건, 여리고 약한 마음을 솔직하게 드러내도 별일 없는 세상에서 사는 것이고.

과연 그런 세상은 언제쯤 찾아올까?

무기력도 전염병입니다

무기력증을 호소하는 청년들이 이렇게 많을 줄이야. 병원을 개업하고 난 후로 "귀찮다, 의욕이 없다, 하고 싶은 게 없다, 꼼짝하기 싫다"고 말하는 젊은이를 자주 만났다. 병원 근방에 재수생이나 젊은 직장인이 많기 때문이라고 여겼는데, 요즘 보면 청년 무기력은 '사회적 전염병'이 아닌가 싶다. 겉모습만 보면 공부 열심히 하고 성적도 뛰어난 학생인데, 이런저런 이야기를 나누다보면 "하고 싶은 것도 없고, 무엇이든 하고 싶은 마음이 안 생긴다"고 한다. 대기업에서 일하는 젊은이는 "번아웃에 빠진 것 같고 나 자신이 물을 잔뜩 머금은 스펀지 같다"고 한다. 꾸역꾸역 출근해서 맡은 일을 해내지만, 퇴근하고 나면 퍼져버려서 아무것도 할 수가 없단다.

취업준비생들이 느끼는 무력감에 대해서는 나까지 말을 보탤 필요가 없겠다.

우울증과 불안장애가 청년층에서 큰 폭으로 늘었다는 것은 예삿일이 아니다. 일개 정신과 의사에 불과한 내가 대한민국의 미래에 대해 이러쿵저러쿵 논할 자격은 없지만, 활기가 사라진 청년을 볼 때마다 우리나라는 앞으로 어떻게 되는 걸까 염려하게 된다.

무기력증을 호소하는 청년의 마음에 '상처받는 것에 대한 두려움'이 자리잡고 있는 건 아닐까? 학창 시절부터 성적 경쟁에 시달려왔는데 입시와 취업에서도 좌절을 반복해 겪다보니 채 아물지 않은 상처에 또다시 피가 날까봐 움츠러든 게 아닐까? 아니면, 큰 상처 없이 어린 시절을 보내다보니 실패와 좌절에 지레 겁먹은 것은 아닐까?

무기력은 일종의 방어기제다. 의욕을 가지고 세상으로 파고들면 또다시 실망하고 좌절할 수 있으니까, 자기를 보호하기 위한 심리기제인 것이다. '아무것도 하지 않으면 마음 아플 일도 없잖아'라는 무의식적 소망이 의욕을 꺾어버린 것이다. 무기력은 의욕의 문제가 아니라, 심리적 회피 반응이다.

완벽주의가 무기력을 부른다. 완벽하려는 갈망은 긴장을 부르고 실수를 만든다. 잘하려는 욕심이 탈진을 부른다. 완벽하면 좋겠지만 현실에 완벽은 없다. 실수와 실패, 예상치 못한 좌절이 인생의 한 부분이다. 빈틈없이 잘 메꾸어진 카펫이 아니라 듬성듬성 구멍 뚫린 곳을 조각 천으로 때워가며 사는 것이 인생이다.

　행동주의적 관점에서는 의욕 저하를 '비활동성의 덫Inactivity Trap' 에 걸려든 것으로 본다. 스트레스가 심해서 활동이 줄면 긍정적인 정서 경험을 못하게 된다. 좋은 감정을 덜 느끼게 되니 의욕이 떨어질 수밖에 없는 것이다. 긍정적 강화물에 접근해야 의욕이 생기는데, 지쳤다며 침대에 누워 있으면 기쁨을 느낄 수 없다. 기쁨 없이 의욕이 생길 리 없다.

　그렇다면 인간의 행동을 어떻게 변화시킬 것인가? 이 질문은 심리학에서 오래도록 논의해온 주제이다. 지금도 끊임없이 동기에 대한 이론이 새롭게 (정말 새로운 것인지는 모르겠지만) 등장하는 것도 무기력증이 누구나 겪는 보편적 문제이기 때문이다. 인간의 동기를 설명하는 다채로운 이론들을 쭉 모아놓고 보면 근본 원리는 크게 다르지 않다. 내가 보기에는 '자기결정이론'의 원리가 가장 그럴듯하다. 원리는 단순하다. 스스로 결정할 것, 내재적 동기에 따라 선택할 것, 자신의 감정과 가치를 인정해주는 타인과 연대할 것, 자기 능력으로 변화시킬 수 있다는 믿음을 잃지 말 것. 세 가지 키워드로 압축해보자면 자율성, 연결성, 자기효능감이다. 교육 현장에서 유행하고 있는 '자기주도학습'도 자기결정이론에 뿌리를 두고 있다.

> 동기를 부여하려면 자신의 행동과 그 행동으로 나타날 결과 사이의 관계를 볼 수 있어야 한다. (……) 인간은 어떤 행동을 했을 때 원하는 결과가 나타날 것을 확신하지 못하면 동기를 부여받지 못한다. (……) 자기가 하는 행동이 원하는 결과를 가져오지 못하는 한 사람들은 행동의 동기를 얻지 못한다.
>
> _「마음의 작동법」, 에드워드 L. 데시, 리처드 플래스트, 이상원 옮김, 에코의 서재

이런 관점에서 보면 무기력은 자존감이 아니라 자기효능감을 느끼지 못해 생기는 문제다. 변화에 대한 믿음이 사라지고, 이것이 일상의 무기력으로 일반화된 것이다. '학습된 무기력'도 비슷한 원리다. 구직활동에 자꾸 실패하면 '내가 아무리 애써도 어차피 원하는 바를 이룰 수 없다'는 인식이 무기력한 상태에서 벗어나려는 의욕마저 완전히 꺾어버리는 것이다. 좌절이 반복되면 무기력도 학습된다.

무기력증을 극복하는 치료 원리 가운데 내가 주로 활용하는 것 중 하나는 '연민집중치료Compassion Focused Therapy'다. 이 이론의 창

시자 폴 길버트는 정서 조절에 대해 이렇게 설명한다. '인간이 불안을 느끼면 누군가의 위로를 통해서 안정화를 이루려는 경향이 나타나는데 이것이 충족되면 목표와 가치를 향한 행동이 일어난다.' 하지만 타인과의 연결감이 결핍된 상태에서 술, 도박, 폭식 같은 즉각적인 자극 추구 행동에 몰두하면 불쾌감이 증폭되고 끝내 무기력으로 이어진다. 자기 존재를 수용해주는 타인에게 친밀감을 느끼며 장기적인 가치 목표에 헌신하는 행동이 모일 때 생동감이 일어난다.

한마디로 표현하면 "Just Do It"이다. "그냥 하라"는 것이다. 완벽할 수 없더라도, 실패하고 좌절하더라도, 상처받고 괴롭더라도 원하는 것을 계속해서 "그냥 하는" 것. 물론 말처럼 쉽지 않다는 걸 안다. 기운 없는 사람에게 이렇게 조언하면 압박감을 느낀다. 하지만 무기력이라는 덫에 걸렸을 때 자신을 더 무기력한 상태로 몰아가지 않으려면 기본을 지켜야 한다. 의욕이 없다고 침대에만 누워 있거나, 무기력한 모습을 남들에게 들키기 싫어 관계를 회피하거나 "기운이 없는데 어떻게 움직여요"라고 저항하면 회복의 속도는 더뎌진다.

의욕은 저절로 생기는 게 아니다. 공부와 일로 탈진해버린 이 시대의 청년들에게 충분한 휴식도 필요하겠지만, 쉬는 것만으로는 활력이 솟아나지 않는다. 불완전한 자신과 누군가에게 상처받는 것을 두려워 말고 몸으로 부딪쳐가며 세상으로 뛰어들어야 의욕은 되살아난다.

염세주의자의 생존법

순간을 사는 법을 아는 사람, 그렇게 현재에 살며 상냥하고 주의깊
게 길가의 작은 꽃 하나하나를, 순간의 작은 유희적 가치 하나하나
를 귀하게 여길 줄 아는 그런 사람에게 인생은 상처를 줄 수 없는 법
이다.

_「황야의 이리」, 헤르만 헤세, 김누리 옮김, 민음사

꽤 오랫동안 내가 진료했던 모 기업 임원이 있는데, 그녀와 마주
앉아 상담을 하다보면 내가 이분을 치료하는 건지 이분이 나를 웃
기려고 내 앞에 앉아 있는 건지 헷갈린다. 부부싸움을 하거나, 회
사에서 좋지 않은 일이 있거나, 공황 발작이 심해지거나, 노모의

병환이 깊어져 괴로운 시기에도 언제나 그녀는 유머를 잃지 않았다. 도저히 농담이 나올 것 같지 않은 상황인데도 실눈을 뜨며 "저 시트콤 써도 되겠죠?"라며 미드 〈프렌즈〉의 배우처럼 표정을 짓는다. 그녀가 겪었던 충격이 별것 아니거나 고통스럽지 않아서 그렇게 할 수 있었던 것이 아니다. 그 많은 슬픔을 견뎌낼 수 있었던 건, 오로지 그녀 특유의 유머 때문이었다. 한바탕 같이 웃고 나면 "무거운 마음이 조금 나아졌어요" 하고 돌아가곤 했다.

어느 날엔 10여 년 전에 상담했던 여성이 자신의 박사 학위 논문을 내게 전해주고 싶다며 찾아왔다. 그녀를 마지막으로 본 것은 6~7년 전이었고 그후로는 상담을 하지 않았는데 그동안 석박사 과정을 마치고 학위 논문 심사를 통과했단다. 그녀는 학부 때 음악을 전공했고 인문학으로 석사를 마친 뒤 예순을 훌쩍 넘겨 일흔을 바라보는 나이에 박사가 됐다. 그런 그녀가 자주 했던 말이 있다.

"어차피 죽을 거고 인생은 덧없어요. 그런데 뭐하러 열심히 살아야 하나요?"

본인도 스스로를 염세주의자라고 했다. 삶이란 어차피 무의미한 것 아니냐는 태도에서 벗어나지 않았다. 어떤 대화를 나눠도 끝은 한결같았다. "인생은 허무하다. 애쓰며 살 필요 없다"는 말이었다.

나는 그녀의 논리에 한 번도 제대로 이긴 적이 없었다. 내가 무슨 대단한 심리 치료를 한 것도 아니었다. 그런데 그녀가 박사를 하게 된 데에는 내 영향도 있다고 했다. 아, 도저히 나는 이해할 수 없었다. 그녀의 학위 논문을 두 손에 들고 기억을 더듬어봤다. 도대체 어떤 이야기를 주고받았었는지. 내가 어떤 말을 했었는지. 아무리 생각해봐도 그녀를 변하게 한 건 내가 아니었다.

온갖 고통을 지나 오늘에 이르게 된 건 그녀가 명랑한 염세주의자이기 때문이다. 화가 난다며 목소리를 높이고, 우울하고 가슴에서 뜨거운 것이 올라온다고 할 때에도 그녀의 표정에서 미소가 사라진 적은 없었다. 비관적인 말들을 쏟아내면서도 웃음을 잃지 않았다. 흰색과 검은색 옷만 입는 그녀가 풀어내는 허무주의를 내가 받아낼 수 있었던 것도 멈추지 않는 그녀의 밝은 기운 때문이었다.

살면서 부딪히는 골치 아픈 문제들은 머리를 싸매고 고민해도 해답을 찾지 못하는 것투성이다.

— 좋아하는 일을 해야 하는가, 잘하는 일을 해야 하는가?

— 결혼하는 게 나을까, 혼자 사는 게 나을까?

— 두 번 떨어진 공무원 시험에 재도전하는 게 맞을까, 지금이라도 취직을 해야 할까?

— 적성에 맞지 않는 일을 그만둬야 할까, 지금은 경기가 안 좋

으니 좀더 참고 일해야 할까?

이 질문들에 정답이란 게 과연 존재할까? 사연을 자세히 듣다
보면 결론에 이를 때도 간혹 있지만 오랫동안 머리를 싸매고 고민
하다 정신과까지 찾아올 정도라면 답이 쉽게 나올 수 없는 사례
가 대부분이다. 즉문즉답으로 해결책을 척척 내놓는 멘토들도 있
지만 나는 쉽게 답할 수가 없다. 내담자의 이야기를 들으면 들을수
록 점점 더 답하기 어려워진다.

점쟁이를 찾아가 "나는 어떻게 살아야 할까요?"라고 물어서 얻
은 답이 진짜 자신의 것일 리 없다. 상담하며 과거를 들추고 멘토
가 미래를 그려줘도 그 속에 진짜 '나'를 위한 길은 없다. 성경이나
불경을 아무리 읽어본다고 한들 인생의 문제에 정확한 단 한 가지
의 답이 나오진 않는다. '삶이란 이런 것이야'라는 답은 원래 존재
하지 않기 때문이다.

심야 라디오 프로그램에 게스트로 출연한 적이 있는데 그때 디
제이가 던진 질문에 내가 가장 많이 했던 대답은 "그런 고민에 답
이 어디 있겠어요"였다. 정신과 의사란 사람이 김새는 말만 늘어놨
으니 디제이도 제작진도 청취자도 별로 좋아했을 리 없겠지만, 뭐
어쩔 수 없다.

"답을 구하려 하지 마세요. 삶에는 답이 없다는 것이 답이에요."

이런 말을 하면 아내는 핀잔한다.

"제발 아저씨처럼 굴지 마. 힘들수록 재미있는 이야기, 즐거운 이야기를 해줘야지. 넌 그런 유머가 부족해."

맞다. 아내의 말이 백번 옳다.

아무리 슬퍼도 삶은 흘러간다. 기왕 흘러가는 삶이라면 콧노래를 부르며 슬픔을 견뎌야 한다. 슬프다고 슬픈 표정만 짓고 있어서는 안 된다. 인생은 태풍이 몰아치는 바다다. 성난 바다를 떠도는 배 위에서 부르는 노래가 태풍을 잠재우진 못해도 우리의 영혼을 달래줄 순 있다.

이 감정은 '짜증'이 아닙니다

"화를 참기가 어려워요."

"시도 때도 없이 눈물이 납니다."

"우울감이 떨쳐지지 않아요."

"불안해서 마음이 진정되지 않고 괴로워요."

감정 조절이 안 된다며 진료실을 찾는 사람이 부쩍 늘었다. 내 마음인데도 내 뜻대로 되지 않는다는 것이다. 그리고 한결같이 이렇게 주문한다.

"불쾌한 감정이 사라지게 만들어주세요."

"다시는 이런 느낌이 찾아오지 않게 해주세요."

감정은 언제나 옳다. 긍정적인 감정과 부정적인 감정이 따로 있지 않다. 감정이 부정적이라서 문제가 아니라, 자연스러운 감정에 부정적으로 반응하기 때문에 고통스러운 거다. 우울함을 느낄 때 '내 마음이 우울하구나' 하면 되는데 '아, 술이 당기네' 하고 자신을 속이면 우울함은 사라지지 않는다. 회사일로 짜증나면 "업무 때문에 내가 요즘 좀 예민해"라고 하면 되는데 "네가 나를 무시하는 거야?"라고 자기감정을 투사해서 문제가 커진다. 직원의 일처리가 마음에 들지 않아 화가 났다면 "제대로 못해?"라고 고함치기 전에 '나는 지금 화가 났구나'라고 마음속으로 세 번만 읊조려보라. 버럭할 일도 줄어든다. 억지로 통제하겠다고 덤벼들지 말고 있는 그대로의 감정을 인정하는 게 먼저다.

세밀하게 감정을 구분하고 적확하게 언어화하면 정서 조절력이 길러진다. "다 힘들어"라고 감정을 모호하게 표현하면 불쾌감은 사라지지 않는다. 사회불안장애(발표 불안증, 무대 공포증)나 우울증 환자는 감정 분화가 잘 안 되어 있다. 우울과 불안은 엄연히 다른데도 "짜증나" 하고 뭉뚱그려버리면 감정이 해소되지 않는다. 우울은 이별한 뒤의 슬픔 때문일 수도 있고, 목표에 도달하지 못한 좌절 때문에 생기기도 하며, 마음의 깊은 상처와 연관된 것일 수도 있는데 "그냥 우울해"라고 해버리면 더 깊은 우울 속으로 빠져들고 만다. 감정을 적확하게 표현하지 못하면 스트레스 받을 때마다 과음이나 폭식할 위험도 높아진다. 섬세하게 감정을 구분할 줄 알면 그 조절도 쉬워진다.

감정은 그냥 생기는 게 아니다. 나름의 이유가 있고 목적이 있다. 분노는 욕망이 좌절되면 생기고 원하는 것을 얻으면 사라진다. 위협을 느끼면 불안해지고 안전하다고 느끼면 누그러진다. 우울은 상실에 대한 반응이고 삶의 의미를 되찾으면 희석된다. 감정은 그것이 목적하는 바가 충족되어야 완결된다.

사람들은 종종 가짜 감정으로 자신을 속인다. '강해야 한다'는 강박이 있다면 불안할 때마다 화를 내게 된다. 불안은 약한 사람이나 느끼는 것이고, 강한 사람인 자신은 그런 감정을 느끼지 않는다며 부정한다. 분노를 표출해서 자기 안의 불안을 감춘다. 자기주장이 약한 사람은 화를 내야 할 때 울어버린다. 갈등을 두려워하기 때문이다. 눈물을 보이고 갈등에서 도망친다. 인간관계를 어려워하는 이는 외로울 때마다 "혼자가 편해"라는 말로 친밀감에 대한 욕구를 덮어버린다. 이러면 자신에게 필요한 것에서는 점점 더 멀어진다. 이렇게 억압된 감정은 나중에 화산처럼 폭발한다.

감정은 우리를 움직이는 에너지다. '감정'을 뜻하는 'Emotion'의

라틴어 어원은 '움직이다'라는 뜻의 'Movere'이다. 모든 감정에는 그 나름의 존재 이유가 있다. 감정의 변화를 느끼면 스스로에게 물어보자. '이 감정이 나에게 알려주려는 건 뭘까? 내가 어떻게 행동하기를 원할까?' 왜곡되지 않은 감정은 언제나 옳은 길을 알려준다. 그 길을 따라 몸을 움직이면 활력이 생기고 그 길을 벗어나면 공허가 벌칙처럼 따라온다.

부정적 감정에도 메시지가 담겨 있다. '우울하지 않았으면! 불안이 없어졌으면!' 하고 바라지 말고 '내 감정과 대화를 나눠보겠다'는 태도를 익혀보자. 시시각각 변하는 감정과 솔직하게 소통해보는 것이다. 예를 들어 이렇게.

"불안, 너와 나는 오랜 시간을 함께했지. 너와 함께하는 시간이 솔직히 유쾌하지는 않았어. 하지만 나는 네게 감사해. 불안, 네가 없었다면 나는 아마 경솔해지고 오만해졌을 거야. 너는 나에게 조심하라고 말해. 신중해지라고 다그치지. 불안, 네가 없었다면 오늘의 나는 없었을지도 몰라. 그렇다고 너하고만 시간을 보낼 수는 없어. 해야 할 일들이 많거든. 너에게만 휘둘리고 싶지 않아.

오늘은 '확신'이라는 친구와 시간을 보내고 싶어. 그 친구와 중요한 일들을 함께해나가고 싶어."

불안에 휘청거리고 우울이 깊어져 어쩔 수 없이 정신과 의사를 만나야 한다면 "우울하지 않게 해주세요. 불안이 찾아오지 않게 만들어주세요"라고 말하기보다는 "이 감정은 나에게 무엇을 가르쳐주려고 하는 걸까요?" 하고 자기감정에 호기심을 가지는 태도가 치료에 도움이 된다. "이 감정은 내가 어떻게 행동하길 바라는 걸까요?"라는 질문에서부터 시작해 감정이 알려주는 진짜 자신의 길을 찾아보자.

나를 더 우울하게 만드는 태도

살면서 대화를 가장 많이 나누는 상대는 누구일까? 어머니? 그럴 리 없겠지만, 아버지? 머리가 굵어지면 주로 친구와 속깊은 이야기를 나누게 된다. 사랑에 빠지고 결혼을 하면 배우자가 그 역할을 대신한다. 워커홀릭이라면 가족보다 직장 동료와의 대화 시간이 더 길 수도 있겠다. 하지만 뭐니 뭐니 해도 우리가 가장 말을 자주 주고받는 대상은, 자기 자신이다. 일상에서 의식하지 못할 때가 많겠지만 사람은 누구나 내면의 자아와 끊임없이 대화한다. 이런 걸 두고 '자기대화'라고 한다.

자기대화를 세밀하게 관찰하면 자신을 지배하는 감정이 무엇인지 알 수 있다. 낙관적인 사람은 쉴새없이 자신을 향해 "파이팅"을 외친다. 위기가 찾아오고 마음이 흔들려도 "괜찮다"고 스스로를 다독인다. 원하는 바를 이루지 못해도 "최선을 다했으니 충분하다"고 한다. 가족이, 친구가, 연인이 말해주지 않아도 자신을 위로할 줄 안다. 그러나 스트레스 받을 때마다 불안해하고, 우울을 달고 사는 사람의 자기대화는 다르다.

작은 실수에도 금방 우울해지고 의욕을 잃어버리는 20대 직장인 여성이 찾아왔다. 상사에게 보고해야 할 업무를 깜빡 잊었고, 그것 때문에 질책을 받았다고 했다. 이런 상황이면 누구나 스트레스를 받는다. 우울해지는 건 자연스러운 반응이다. 하지만 그녀는 이런 일이 생길 때마다 슬럼프에 빠졌다. 큰 문제가 아닌데도 일을 그만두고 싶다고 했다. "나 자신이 밉고 싫다"며 자책했다. "아무 일도 못하겠다"며 무기력해졌다.

누구나 실수를 한다. 어디 실수뿐이랴. 알게 모르게 잘못을 저지른다. 성공보다 작은 실패를 우리는 더 자주 경험한다. 완벽해지려고 아무리 애써도 실수와 실패는 반드시 따르기 마련이다. 누구나 그렇다. 다만 이럴 때 자기 자신에게 반응하는 방법이 사람마다 다를 뿐이다.

우울증 환자에게 흔히 관찰되는 두 가지 특징적 사고방식이 있다. 첫번째는 자기비난Self-Criticism이다. 자신의 불완전성을 스스로 꾸짖고, 타고난 약점을 비난하며, 무능함을 탓하는 것이다. 작은 실수에도 "나는 안 돼! 나는 바보같아!"라고 스스로에게 악담을 쏟아낸다. 작은 실패에도 "나는 뭘 해도 안 돼. 해봤자 소용없어"라고 자신을 책망한다. 스트레스 받을 때마다 자기비난의 목소리가 자동적으로 떠올라 금방 우울해지고 쉽게 슬럼프에 빠진다.

두번째는 반추Rumination이다. "내가 왜 그렇게 했을까. 그렇게 하지 않았어야 했는데……" 하며 과거의 기억을 되새김질하는 것이다. 지난 일을 돌아보고 반성하는 건 중요하다. 실수를 돌아보고 교훈을 얻고 해결책을 찾는 것이 반성이다. 반성은 자신의 행동을 검토해서 목표를 향해 꾸준히 나아갈 수 있게 하는 자기조절력Self-Regulation의 필수 구성 요소다. 그러나 지나간 잘못만 곱씹는다면 그것은 반추다. 반추를 반성이라고 착각해선 안 된다. 반성은 기운을 되찾게 하지만, 반추는 하면 할수록 우울해진다. 반성이 반추로 이어지면 곤란하다.

우울증 환자의 머릿속에는 반추와 자기비난이 짝을 이루어 맴돈다.

인생을 큰 그림으로 보았을 때 실수는 아주 작은 부분에 불과하다. 우리들의 삶은 98%의 무난함을 바탕으로 간혹 찾아오는 1%

의 성취, 그리고 실수와 실패로 나머지 1%가 채워진다. 태어나 죽을 때까지 시간의 관점으로 보면 실수는 작은 티끌로 희석된다. 큰 실수를 저질러도 충분히 상쇄할 수 있다. 한 번의 실패로 그동안의 성과가 완전히 사라지는 것도 아니다. 자신을 멀리 떨어뜨려놓고 길게 봐야 덜 우울해진다.

그렇지 않아도 힘든 현실, 스스로를 괴롭히진 말아야 한다. 스트레스 받을 때마다 쉽게 우울해진다면 자기대화를 점검해보면서 자기비난의 목소리에 휘둘리는 건 아닌지 확인해보자. 그리고 자기대화가 부정적인 내용으로 가득차 있다면 이런 식으로 바꿔 말해보면 어떨까?

"그래도 나는 지금까지 꽤 열심히, 꽤 잘해왔어. 지금의 실수는 아주 작은 흠집에 불과해. 멀리서 보면 잘 보이지도 않아. 앞으로 더 잘하면 돼."

걱정을 위한 '걱정 시간'

나는 걱정이 많다. 가까이에서 나를 아는 사람은 내가 고민에 쉽게 휩싸이는 걸 자주 본다. 이런저런 생각하기를 좋아하고, 생각에 깊이 빠지다보면 어느새 고민으로 휙 넘어가버린다.

이탈리아 루카에서 며칠 머문 적이 있다. 성곽으로 둘러싸인 아름다운 도시, 루카. 마을을 감싸는 오래된 성곽 위를 뱅글뱅글 걷고 또 걸었다. 자전거를 못 타는 아내를 뒷자리에 앉히고 종아리가 저릴 때까지, 엉덩이가 아플 때까지 자전거를 탔다. 해질녘 성곽 위에 드문드문 놓인 벤치에 누워, 지는 해를 보고 있으면 생각이란 생각은 모조리 노을에 녹아버릴 것 같았다. 밤이 되자 인기척이 사라졌다. 오래된 회색빛 건물로 둘러싸인 골목에 들어서자 시간이 흐르지 않는 듯했다. 비행기를 타고 날아온 곳은 그저 다른 공간이 아니라 시간의 체계가 다른 곳이었다. 이곳 루카에서는 생각이 녹고, 시간이 멈췄다. 그런 그곳에서도 나는 고민에 빠졌다. 현실의 시간을 좇아가며 다가올 문제를 풀어보려고 생각을 멈추지 않았다. 며칠 푹 쉬어가자고 작정하고 휴가를 받아 왔건만 걱정은 사라지지 않았다.

사진첩을 보다가 그때 루카에서 찍은 내 사진을 발견했다. 무슨 고민 때문에 그리 심각한 표정을 짓고 있었을까. 루카까지 날아가서 고민한다고 해결책이 나올 턱이 없는데도, 나는 고민에 빠져 있었다. 먹고 마실 것을 사서 흰 봉지 안에 넣고 터덜터덜 숙소를 향해 걸어가면서, 그 아름다운 곳의 풍경을 즐기지 못한 채 고개를 아래로 떨구고 고민에 잠겨 있다. 정말 고민 자체가 고민거리라는 생각이 절로 든다.

고민이 고민일 때 내가 쓰는 방법이자, 나의 환자들에게 손쉽게 쓸 수 있도록 추천하는 방법으로 '5분 법칙'이라는 게 있다. 임상 연구에 따르면 고민이 좋은 결과로 이어질 가능성은 생각하기를 시작한 5분 안에 판가름난다. 5분 동안 집중적으로 실컷 고민에 빠진 뒤에 스스로에게 묻는다.

— 고민을 했더니 기분이 좋아졌나?

— 고민을 했더니 기발한 아이디어가 떠올랐나?

만약 둘 중 하나라도 '예스'라면 고민을 계속해도 된다. 5분 이상 고민해도 상관없다. 하지만 둘 다 '노'라면 고민을 계속해봐야 기분은 좋아지지 않고 괜찮은 아이디어도 떠오를 가능성은 없다. 고민이 효율적이냐, 아니냐 하는 것은 5분 안에 결정된다.

고민으로 고민하고 있다면 시간을 정해놓고 고민하는 게 제일 좋다. '걱정 시간Worry Time'을 갖는 것이다. 문득문득 고민이 생겨도 걱정 시간까지 미뤄둔다. 나중에 고민하겠다고 마음먹고 지금 중요한 일, 현재에 집중한다. 고민을 미뤄두면 시간을 효율적으로 활용할 수 있다. 지금 현재 목표에 집중할 수 있게 된다.

그리고 걱정 시간이 되었을 때, 고민하던 것을 글로 적어보라. 걱정과 관련된 생각이나 느낌을 모두 적어야 한다. 남김없이 다 쏟아내는 것이 중요한데, 막상 활자로 적고 보면 별로 적을 것이 없다는 걸 알게 된다. 오랫동안 고민했더라도 글로 적으면 별것 없어지는 경험을 하게 될 것이다. 한두 가지 생각이 맴돌았을 뿐 '고민이 많다'고 느낀 건 착각이란 걸 깨닫는다.

글로 적으면 고민 아래 숨겨진 생각이 드러난다. 고민 그 자체가 문제가 아니라 고민을 불안으로 키우는 사고방식의 문제를 찾을 수도 있다. 일어나지 않을 일을 미리 당겨 생각하는 잘못된 생각 습관과 최악의 경우를 상상하고 그 가능성을 부풀려 예측하는 인지 왜곡이 내 안에 있었구나, 하고 깨닫는다.

'걱정 노출'을 시도해보는 것도 좋다. 걱정을 말로 읊조려보는 것도 걱정 노출 방법 중 하나다. "나는 무엇무엇 때문에 걱정돼"라고 계속 말하는 것이다. 처음에는 불안이 커지지만 반복할수록 불안이 줄면서 '내가 왜 이런 쓸데없는 생각을 하고 있지?'라며 걱정에 대한 회의감이 든다. 걱정을 일부러 하려고 하면 걱정이 지루해진다. 공포 영화를 반복해서 보면 안 무서워지는 것과 같은 원리다.

이런 깨달음을 얻었다면, 걱정 시간이 효과가 있었다는 뜻이다. 한번 시도해보시라.

하루를 어떻게 보냈나요?

'사소한 것이 언제나 더 중요하다.'

나는 이 말을 이렇게 바꾸어 말해본다.

'관념보다 실재다.'

진료할 때 제일 힘든 경우는 비록 잠정적이더라도 어떤 판단을 내려야 하는데 그 판단을 근거할 구체적 실재에 대한 정보가 부족할 때다. 진단과 치료에는 추상적 개념보다 구체적 사실이 필요하다. 그렇다고 해서 의사가 환자의 시시콜콜한 사생활을 알아야 한다는 뜻은 아니다. 추상적 판단을 뒷받침하는 실재를 알고 싶다.

요즘 성인 주의력결핍과잉행동장애ADHD 환자가 늘었다. 환자가 늘어난 것인지 진단 범위가 넓어진 것인지 정확히 알 수는 없다. 어쨌든 이 진단을 받는 사람이 늘어난 것은 분명하다. 신문에 이 장애를 의심해야 하는 체크리스트도 자주 나오고 전문가들이 치료를 강조하는 기사도 자주 보인다. 그래서인지 본인이 ADHD인 것 같다며 찾아오는 사람도 부쩍 많아졌다. 그러나 그중 상당수는 ADHD가 아니다.

스스로를 ADHD라고 판단하는 이유가 뭐냐고 물으면 대개 "업무중에 실수가 잦고 집중이 안 된다"고 말한다. 사람은 언제나 실수하고 에너지가 떨어지면 집중력은 필연적으로 저하된다. 직장인 중에 실수 안 하는 사람이 어디 있나. 자기 뜻대로 온전히 집중력을 유지할 수 있다면 그게 기계지 사람인가. '실수가 잦고 집중이 안 되니 내게 문제가 생긴 건 아닐까?'라는 막연한 느낌만으로 자신을 ADHD 환자로 몰아가선 안 된다. 야근에 시달리고 잠을 못 자서 집중력이 떨어진 것일 뿐인데 자신이 ADHD 환자인 것 같다며 찾아온 사례도 있었다.

자신이 받아들이고 싶지 않은, 인정하고 싶지 않은 자기 모습을 ADHD라고 진단 내려 정체성에서 떼어내려 하거나 그것을 교정해야만 하는 책임에서 자유로워지려는 무의식적 소망이 이 진단을 부추기는 건 아닐까 하는 의심이 든다. 자신의 상태에 대해 쉽게 진단 내리지 말고 '내가 어떻게 생활하고 있는가?' 하고 라이프 스타일을 객관적으로 관찰해야 한다. 관념적인 진단의 유혹에 넘어가지 말고 사소한 생활 습관을 꼼꼼히 챙기는 것이 더 중요하다.

나는 한 사람을 볼 때 그가 쏟아내는 추상적 생각보다는 실제로 그가 하루를 어떻게 보내는지에 더 주의를 기울인다. 거대 담론이나 개념만 잔뜩 늘어놓고 자신의 의견이나 그 의견에 이른 체험에 관한 이야기가 빈약한 사람에게는 매력을 느끼지 못한다. 하루를 어떻게 살고, 무엇을 먹었고, 무엇을 봤는데 그때의 감각과 그 느낌을 세부적으로 잘 묘사할 줄 아는 이가 나는 좋다.

정신적으로 건강해지면 일상이 풍성해진다. 단조로운 일상이라도 그 속에서 느끼는 감각은 충만해진다. 심리적으로 튼튼한 사람들은 사소한 것을 소중히 여긴다. 스트레스 받고 우울하더라도 일상을 허투루 보내지 않는다.

우울증에서 벗어나기 시작했을 때 공통적으로 보이는 행동 변화는 바로 정리정돈이다. 우울증 환자의 양상은 다 제각각인데, 호전되기 시작할 때 보이는 행동 변화는 비슷한 것이다. 의욕이 되살아날 때 공통적으로 이런 이야기를 한다.

"옷장을 정리했어요."

"못 쓰는 물건을 내다 버렸어요."

"오랜만에 청소를 했어요."

"양말을 색깔별로 구분해 서랍에 넣었어요."

"설거지를 하고 접시를 정돈했어요."

이 현상을 뒤집어 응용해볼 수 있다. 만약 우울하다면, 비록 쉽지 않겠지만 그래도 주변 정리를 조금이라도 해보자. 일상의 공간을 정리하는 것이야말로 최고의 우울증 치료제다. "아무런 에너지가 없어요"라고 푸념하기 전에, 지금 남아 있는 최소한의 에너지로 할 수 있는 일을 하면 된다.

— 쓰레기통 비우기

— 못 쓰는 필기구 버리기

— 책상 물걸레질하기

— 보지 않는 책 정리하기

— 책장의 책을 배열에 맞춰 꽂기

이것도 어렵다면, 자신을 다른 공간으로 옮겨놓아도 좋다.

— 카페에서 커피 한 잔 마시기

— 10분 동안 공원 산책하기

— 마트에 가서 콩나물 사 오기

— 집 근처 벤치에 잠시 앉아 있기

관념과 추상은 절대로 우울한 자신을 행복하게 만들어주지 않는다. 바닷가에 세워놓은 모래성 같은 거라, 언제든 쉽게 무너진다. 일상이 변해야 진짜다.

당신의 의지력을 믿지 마세요

'하늘은 스스로 돕는 자를 돕는다'라는 명언을 남긴, 『자조론』의 저자 새뮤얼 스마일스는 말했다. "목표를 성취하려면 천부적인 재능보다 좌절하지 않고 위험을 마다하지 않으며 힘차게 전진할 수 있는 힘이 있어야 한다. 활기차게 끊임없이 노력하려는 의지가 있어야 한다. 의지력은 참된 희망의 기반이 되고, 삶에 진정한 향기를 불어넣는 것은 희망이다." 그의 말이 그럴듯하게 느껴지기는 하지만, 그렇다고 의지력을 과신해선 안 된다. 의지력은 우리 예상보다 훨씬 쉽게 들쭉날쭉 바뀐다. 1월 1일에 새해 계획을 다이어리에 하나둘 적을 때는 전부 이룰 것 같았지만 현실에 부대끼면 얼마 안 가서 계획대로 된 게 없다며 푸념하기 일쑤다. 의지를 아무리 다잡아도 새해 계획은 달성되는 것보다 그렇지 못한 것이 더 많다. 한 연구 결과를 보니 사람들이 세웠던 새해 목표 중에 연말에 달성된 것은 8%에 불과했다. 이런 현상이 일어나는 이유 중 하나는 공감간극효과Empathy Gap Effect를 고려하지 않고 계획을 세우기 때문이다.

공감간극효과란 피로가 누적되었을 때의 의지력과 편안한 상태에서 발휘되는 의지력의 차이를 감안하지 않아서 생기는 현상을 일컫는다. 다이어트를 시작하기 전 계획을 세울 때는 한두 끼쯤 거뜬히 거를 수 있을 것 같아 식단을 조절하지만 얼마 지나지 않아 배에서 꼬르륵 소리가 나고 속이 쓰릴 정도의 허기를 느끼면서 그제서 '내 의지력은 이 정도구나' 하고 제대로 깨닫는다. 푹 자고 일어났더니 활기가 돌아 '오늘 하루는 밤새워 공부할 수 있겠다'는 생각이 들어 낮에는 놀다가 밤부터 공부를 시작해도 괜찮을 것 같아 그리 계획했는데 막상 저녁이 되고 집중력이 떨어지는 것을 느끼고 나서야 '아, 기운을 아껴야 했는데……'라며 후회한다. 인간은 피곤이 쌓이고 본능적 욕구가 솟구쳐오르고 나서야 의지력의 한계를 인식한다.

계획을 세울 때는 자신의 의지력은 의식적으로 낮게 설정하고, 앞으로 닥칠 장애물의 영향은 조금 더 크게 고려하는 게 좋다.

계획만 세우고 실천을 미루는 습관 때문에 힘들어하는 사람을 상담하다보면 완벽주의적인 성향이 원인인 사례를 자주 발견한다. '100점이 아니면 소용없다. 완벽하지 않으면 실패다'라는 신념이 강할수록 부담감도 커진다. 사소한 것까지 완벽하게 대비되어 있지 않으면 행동에 옮기려 하지 않는다. 계획만 세우고 실행을 미룬다. 시작하지 않으면 실패도 없으니, 미뤄두려는 무의식적인 욕망에 자기도 모르게 휘둘리는 것이다. 이럴 경우, 계획을 잘게 나눠 실천하기 쉽게 만들면 좋다. 시작에 대한 부담을 덜어주는 것이다. 무엇보다 실천하는 과정을 즐길 수 있도록 환경을 구성해보면 좋다.

몇 년 전에 나는 달리기를 매일 하겠다고 계획을 세운 적이 있다. 그전에는 운동을 꾸준히 하지도 않았던 터라 매일 뛰려고 하니 무척 힘들었다. 그때 어떻게 했느냐 하면 내가 좋아하는 앨범 하나를 들으면서 마음에 시동을 걸었다. 앨범 첫 곡의 비트에 맞춰 발을 움직이니 몸이 한결 가벼웠고 앨범 끝에서 두번째 곡의 클라이맥스를 들으며 뛸 때는 짜릿한 쾌감이 온몸에 전기처럼 흘렀다. 이 순간에 도달하기 위해 멈추지 않고 달렸다. 앨범의 러닝타임 48분을 꽉 채워 달리면 즐거운 마음으로 400칼로리를 태울 수 있었다.

매일 A4용지 한 장 분량의 글을 쓰겠다는 계획을 세웠을 때는, 먼저 달콤한 향이 나는 원두를 갈아 커피 한 잔을 내려 마셨다. 촉감 좋은 연필을 깔끔하게 깎아서 노트에 아무렇게 낙서를 하며 시작하기도 했다. 그러다보니 내 취향에 맞는 커피도 알게 되었고 온갖 종류의 연필도 사 모으게 되었다. 비록 매일 정해진 분량의 글을 쓰겠다는 목표엔 완벽하게 달성하지 못했지만 글쓰기를 편하게 시작할 수 있게 되었다.

부정적 결과를 회피하려는 계획은 실패할 가능성이 높다. '잔소리 듣기 싫어서라도 올해는 살을 꼭 뺄 겁니다' 같은 목표가 그렇다. 마지못해 세운 계획은 회피하고 싶은 마음을 불러일으킨다. 긍정적인 느낌과 연결된 목표라야 달성하기 쉽다. '해야 된다'고 밀어붙이지 말고 '하고 나면 어떤 느낌이 찾아올까' 상상해보면 좋다. "살이 빠지니 몸이 한결 가벼워지고 활기도 솟구쳐요!"라고 말할 수 있을 것이다.

느낌이 좋으면 더 열심히 하게 되고, 느낌이 괜찮아야 꾸준할 수 있다. 세상만사 모든 일이 그렇다. 느낌을 잘 헤아리고 자신이 어떤 느낌에 반응하는지 아는 게 중요하다. 그런 느낌을 찾아서 라이프스타일을 구성하면 조금 더 기쁜 삶을 살 수 있다. 작은 기쁨을 느끼며 사는 것. 행복이란 게 별건가.

인간 알레르기입니다

우울증 치료약은 내복이나 패딩 점퍼와 비슷하다. 한파를 견디기 위해 내의에 두툼한 외투까지 껴입는 것처럼, 계속되는 스트레스에 가슴이 찢어질 때는 항우울제가 마음을 데워준다. 그렇다고 현실의 칼바람에 자기보호방법이 꼭 약이어야만 하는 건 아니다. 운동도 좋고 취미 생활도 좋다. 타인을 돕고 보다 나은 세상을 위해 헌신할 수 있다면, 더 좋다. 온기를 나눠줄수록 우리 마음은 더 따뜻해지는 법이니까.

아이가 두려워할 때 엄마가 껴안아주면 금방 안정되는 것처럼 거친 세상에서 정신 건강을 지키려면 어른에게도 나 아닌 다른 사람과 연결되어 있다는 느낌이 필요하다. 친밀감을 경험하면 뇌에서 옥시토신이 분비된다. 이 호르몬은 안전감과 편안함을 느끼게 해주고 스트레스 호르몬의 부정적인 영향을 막아준다.

드라마에서 주인공이 "나는 인간 알레르기 환자"라고 말하는 장면을 봤다. 꽃가루나 복숭아에 질색하는 사람은 자주 봤는데 사람이 알레르기를 일으키는 원인이라고 말하다니……. 그런데 곰곰이 생각해보니 인간 알레르기가 그리 특이한 현상은 아닌 것 같다.

내가 상담했던 내담자 중에도 인간 알레르기 때문에 고생하는 이가 꽤 많았다. 상사의 폭언으로 생긴 트라우마를 어디다 하소연도 못하고 가슴에 묻고 지냈던 직장인은 상사와 비슷한 사람만 봐도 부들부들 떨었다. 회사에서 '일을 잘해야겠다'는 마음보다 '어떻게 하면 상사를 피할 수 있을까'에만 신경썼다. 애인의 변심에 충격받고 '두 번 다시 연애하지 않겠노라' 선언했던 이도 있었고, 가족이 모함해서 고초를 치러야만 했던 이는 '세상에 믿을 놈 아무도 없다'며 소리쳤다. 모두 인간 알레르기 증세였다.

혼자만의 시간이 필요하다 말하는 사람이 많아진 것도 사람이 사람 마음을 아프게 만드는 일이 많아졌기 때문 아닐까? 사람 곁에서 위안을 느끼는 게 아니라 사람 때문에 상처받지 않으려고 혼자의 세계로 도망치는 것이 혼밥, 혼술 문화는 아닐까?

알레르기는 회피하는 것으로는 치료가 안 된다. 알레르기를 일으키는 항원이 하나도 없는 곳에서 사는 건 불가능하기 때문이다. 봄철이면 사방에 흩날리는 꽃가루를 피할 수 없는 것처럼 사람으로부터 완전히 벗어날 수 없다. 복숭아야 안 먹으면 그만이지만 사람을 마주하지 않고 영원히 혼자 살 수는 없지 않은가. 사람마다 원하는 것이 다르고, 성격도 다르고, 가치관도 다르고, 살아가는 방식도 다 다른데 현실에서 어떻게 갈등이 없을 수 있겠는가. 갈등 없이 사는 건 죽어서나 가능하다.

신체적인 알레르기처럼 인간 알레르기도 원인에 조금씩 노출시키는 것이 치료다. 그러다보면 탈감작 현상이 일어나고 항원에 대한 과민 반응은 약해진다. 당장은 괴로워도 사람과의 접촉을 늘려야 한다. 지나치게 밀착되지 않는 관계부터 시작하면 좋다. 가볍게 농담하며 커피 한잔할 수 있는 사람을 자주 보면 된다. 무릇 인간관계란 진지하고 깊어야 한다는 고정관념은 버리는 게 좋다. 아무리 노력해도 깊은 관계를 맺기 어려운 사람들이 이 세상에는 더 많다는 걸 잊지 않아야 한다.

인간 알레르기 증상이 있다면 무엇보다 자기 마음을 들여다봐야 한다. 사람에 대한 두려움이 클수록 숨겨진 인정 욕구도 크다. 인정받지 못하면 자신을 가치 없는 사람이라 여기는 잘못된 생각이 뿌리깊게 박혀 있으면 인간관계가 어려워진다. 인정에 대한 과도한 욕구가 사람을 회피하게 만든다. '완전히 인정받지 못할 바에는 아예 사람을 피하는 게 낫다'는 생각으로 뻗어나간다. 생각을 바꿔보자. '모든 사람에게 인정받을 필요 없다. 내가 좋아하는 사람도 나와 다른 관점을 가질 수 있으며 나를 사랑하는 사람도 나를 인정하지 않을 수 있다.'

이유를 찾지 마세요

우리는 언제나 이유를 찾는다. 이유를 모르면 불안해지고 이유를 찾으면 안도한다. 이유가 동기가 되고 이유가 목표가 된다. 이유가 힘이 되는 것이다. 상처를 극복하기 위해서도 끊임없이 이유를 찾는다.

사랑이 살아가는 이유이고 사랑하는 사람 때문에 살아야 하지만 사랑을 잃었을 때에도 우리는 이유를 찾는다. 왜 헤어져야 하는지, 왜 당신이 나를 떠나야 하는지, 왜 그렇게 될 수밖에 없었는지에 대한 설명을 듣고 싶어한다. 그럴듯한 이유를 듣지 못하거나, 그럴 법한 이야기 없이 사라져버린 사랑을 우리는 견디지 못한다. 생각하고 또 생각하고, 다시 떠올리고, 다시 곱씹으며 마음을 혜

집고 헤집는다. 그래서 가슴이 찢어지는 거다. '그렇지, 그럴 수밖에 없었던 거야' 납득할 수 있는 그럴듯한 이유가 마음에 자리잡으면 찢어졌던 가슴이 다시 붙는다. 어쩔 수 없는 상실을 극복하기 위해서 우리에게는 또다시 이유가 필요한 것이다.

그래서일까? 우리는 사랑의 이유에 대해서도 간절히 매달린다. 사랑을 잃고 싶지 않아서, 내 사랑을 지킬 수 있도록 아주 작은 이유만이라도 알려달라고 간절히 외친다. 헤어져야 하는 백만 가지 이유가 있는데도 내가 당신 곁에 있어야 하는 이유를 단 한 가지만이라도 알려달라고 애원한다. 헤어져야 하는 수백만 가지의 이유에도 불구하고 당신을 위해 기도하며 당신 곁에 있겠다고 한다. 과연 이런 사랑이 건강한 것인지는 모르겠지만.

'우리가 찾고 있는 이유가 정말 진짜 이유인가?' 하는 의심이 든다. 인간은 끊임없이 이유를 찾아 헤매지만 그렇게 찾은 이유가 진실이 아닌 경우가 부지기수다. 거의 그렇다. 우리는 이유를 찾아 헤매며 자신을 더 괴롭힌다.

예기치 못한 상황이 닥치면 '왜 이런 일이 생긴 거지? 무엇 때문이야? 이유가 뭐야, 왜 그런 건데……' 하며 번쩍 이성에 불이 들어온다. 생각이 많아진다. 이것도 원인 같고, 저것도 원인 같고, 도리어 혼란스러워진다.

마음에 고통을 불러일으키는 대부분의 일들은 어쩔 수 없거나 우리가 통제할 수 없는, 삶의 일관된 목적이나 의도와는 상관없는 것이다. 그저 우발적으로 던져진 것이다. 그런 사건들의 세계에서 우리가 가슴 아파야만 하는 이유를 찾는 건 허상을 좇는 일이나 마찬가지다. 설령 그럴듯한 이유를 찾더라도 그것이 삶의 본질을 말해주지 않는다.

고통에 빠져 허우적거리지 않으려면 '왜?'라는 질문을 멈춰야 한다. 과거의 이유를 찾을 게 아니라 미래의 시점으로 생각해야 한다. '왜 그랬을까?'가 아니라 '어떻게 해야 할까?' 하고.

이유를 찾아 헤매지 말고 상실의 고통을 인내하는 게 먼저라는 걸 알려주는 폴 오스터의 소설 『우연의 음악』 속 대사를 나는 좋아한다.

자네는 어떤 숨은 목적을 믿고 싶겠지. 이 세상에서 일어나는 모든 일에는 어떤 이유가 있다고 자신을 설득하고 싶겠지. 난 자네가 그걸 뭐라고 부르건 상관 안 해. ─ 하느님이건, 행운이거나, 조화건 ─ 그건 결국 모두 똑같은 헛소리야. 사실을 회피하고 일이 정말로는 어떻게 되어가는지 보지 않는 한 가지 방법이지.

_「우연의 음악」, 폴 오스터, 황보석 옮김, 열린책들

뭐 어때요, 이게 난데

나는 얼굴이 자주 빨개진다. 강의를 하고 나면 사진을 같이 찍
자는 청중이 있다. 이런 부탁을 받으면 은근히 기분은 좋다. 내 이
야기에 관심을 기울이고 들어주셨다는 의미일 테니까. 그런데 여
간 어색한 게 아니다. 셔터를 누를 때면 내 얼굴은 빨개져 있다. 겉
으로는 웃지만 속으로 바짝 긴장한 탓이다. 부끄럽고 어색하면 어
김없이 얼굴이 붉어진다. 나는 느끼지 못했는데 주변에 있던 사람
이 "선생님 얼굴 빨개지셨어요" 하면 그제야 내가 긴장했다는 걸
깨닫는다.

한번은 라디오에 출연하면서 인연을 맺었던 아나운서가 팟캐스

트를 시작했는데 내가 게스트로 초대받아 홍대 근방의 녹음실에 간 적이 있었다. 어떤 주제로 이야기하면 되냐고 물었더니 운동과 심리에 대해 수다를 떨면 된다고 했다. 평소에 관심 있는 주제라 좋았다. 나 말고도 운동 코치도 같이 대화를 나눌 거라고 했다. 일상에서 부담 없이 운동을 시작하고 지속하고, 그래서 몸과 마음이 더 건강해질 수 있도록 가르치는 분이라고 했다. 팟캐스트 녹음이라 그런지 자극적인 (불쾌하지는 않았으나 어떻게 대답해야 좋을지 난감한) 질문도 오가고 스스럼없이 농담도 주고받다보니 진땀나는 순간들이 제법 있었다. 분위기가 편하게 무르익자 코치가 내게 말했다.

"선생님처럼 얼굴이 금방 빨개졌다 하얘졌다 하는 사람은 처음 봤어요. 온도계 같아요. 감정의 온도가 얼굴에 다 드러나요."

어릴 때는 이런 말을 들으면 주눅이 들었다. 그러면 더 긴장됐다. 질문하려고 하면 심장이 빨리 뛰었다. 긴장한 것이 티 나지 않도록 숨을 천천히 쉬어봐도 별 소용없었다. 가슴이 쿵쾅거리고 목소리에 작은 떨림도 묻어났다. 불안을 들키고 싶지 않아서 묻고 싶은 게 있어도 속으로 접어두기도 했다.

하지만 언제부터인가 '뭐 어때' 하며 아무렇지 않게 되었다. 물론 지금도 얼굴 빨개지는 걸 보고 상대가 내 마음을 어떻게 해석할까, 의식하며 조금 신경쓰긴 한다. 그래도 '어쩔 수 없지. 상대가 뭐라건 그건 내가 어떻게 할 수 없는 거잖아' 하고 마음에 두지 않는다. 얼굴이 빨개지는 나를 두고 긴장을 잘 한다거나 불안한 게 티가 난다고 해도 '그래서 뭐 어쩌라고!' 하며 무시한다. 불안은 불안이고 삶은 삶이니까. 불안을 느끼지 않는 게 중요한 게 아니라, 불안에 휘둘리지 않으면 된다. 다시 말하지만 '뭐 어때!' 하는 마음이 중요하다.

큰 회사의 임원이나 대표 중에도 발표하기 전에 불안에 떠는 분들이 정말 많다. 겉만 봐서는 긴장 같은 건 절대 하지 않을 것 같고, 마주앉아 이야기할 때면 그렇게 달변일 수가 없는데 직원들 모아두고 스피치를 하면 심하게 떨린다고 했다. 안정제를 상비약처럼 가지고 다니기도 한다. 어떤 사장님은 직원들 모아두고 훈시하는 자리는 아예 만들지도 않고 꼭 해야 하면 다른 임원에게 대신 맡긴다고 했다. 높은 지위에 있는 분들(대표나 회장, 최고 경영자나 교수, 의사 등) 중 항불안제를 복용해본 경험이 있는 비중이 꽤 클 것 같다.

수련 기간까지 합치면 20년 넘게 정신과 의사 노릇을 했다. 그 시간 동안 사람들을 통해 삶을 배웠다. 그러면서 터득한 것 한 가지만 꼽으라고 하면 '누가 누구보다 성숙하다, 누가 누구보다 성격이 좋다. 누가 누구보다 더 행복하다' 같은 말은 아무런 의미가 없다라는 것이다. '그 당연한 이야기를 정신과 의사 생활을 20년이나 하고 나서야 깨달았나!'라며 한심하게 여길 수도 있을 것 같다. 하지만, 그럼에도 불구하고 머리로 알던 것을 체험으로 반복해서 확인하고 또 확인했더니 이런 비교가 무의미하다는 걸 온몸에 새길 수 있었다. 이런 체험들이 몸에 쌓이다보니 이제는 웬만해선 주눅들지 않는다. 아무리 유명하고 잘난 사람 앞에서도 '그래 봤자 너나 나나 크게 다르지 않아. 너나 나나 나약한 인간에 불과해'라고 생각하며 쫄지 않는다.

타인의 경험으로부터 완전히 동떨어진 나만의 생각, 나만의 느낌, 나만의 고통은 없다. 이렇게 말해도 "내 고통은 오직 나만이 안다. 니들이 어떻게 내 마음을 알아!" 하고 원망하며 소리지르는 사람도 있겠지만 그래도 나와 타인 사이의 유사성을 확인하게 되면 세상 사람들이 나와 가까워지는 느낌이 든다. 너와 내가 그리 다르지 않다는 걸 깨달으면 내가 나를 받아들이기가 훨씬 수월해진다.

쉰이란 나이를 앞두고 있다. 정신과 의사 생활도 꽤 했다. 하지만 어린 시절의 마음 여린 아이는 내 안에 그대로다. 수줍고 긴장할 때마다 이 아이의 심장은 쿵쾅거린다. 아마 앞으로도 계속 그럴 것이다. 그래도 괜찮다. 아니, 어쩔 수 없다. 나란 사람에게는 여전히 뭔가 부족하고 뭔가 아쉬운 점이 있지만 그것이 없어지기를 바라지 않는다. 그렇게 될 리도 없다.

나 자신에게도 그렇지만 괜히 강한 척하는 사람에게는 정이 안 간다. 약해빠진 것도 싫지만, 약점 한두 개쯤 엿보이지 않는 사람과는 친해지고 싶지 않다. 어수룩하고, 잘 긴장하고, 여리고 어린 마음을 가진 사람이 나는 좋다. 빡빡하게 각 잡고 있는 사람은 한두 번쯤은 만나겠지만, 그 이상은 안 보게 된다.

어차피 사람은 잘 바뀌지 않는다. 나를 바꾸는 건 무척 어려운 일이고 굳이 바꿔야 하는 것인지도 잘 모르겠다. 중요한 건, 있는 그대로의 나를 부끄러워하지 않는 것이다. 나를 바꾸려고 하지 말고 내가 나를 대하는 태도를 바꾸는 게 중요하다. 불안을 느끼지 않을 게 아니라, 불안을 느끼는 자신을 부끄러워하지 않는 것, 얼굴 빨개져도 '뭐 어때' 하는 마음을 갖는 것, 긴장하는 나를 포용하는 것. 나 자신에 대한 이런 태도가 중요하다. 자기 자신과 대면하고 자신의 약점을 인정하며 그럼으로써 자신에게서 일어나는 조용한 변화를 받아들이는 자세 말이다.

이보다 쉬운 건, 나에게 어울리는 사람과 환경을 찾아 그 속에서 살아가는 것이다. 나를 둘러싼 맥락을 바꾸는 게 성격을 변화시키는 것보다 훨씬 쉽고 효과도 좋다. 덧붙여 말하지만, 당신은 있는 그대로 훌륭하다. 절대 변하지 마라.

괴로움을 해결하려는 시도는 그것이 어떤 것이든 자신이 바로 괴로움 그 자체라는 환상만 강화시킬 뿐이다. 따라서 궁극적으로는, 괴로움에서 도피하려는 노력은 그 괴로움을 영속화시키는 일에 불과하다. 가장 골치 아픈 문제는 괴로움 자체가 아니라 그 괴로움에 대한 우리의 '집착'이다. 우리가 괴로움과 동일시한다는 것, 그것만이 유일하게 진정한 곤경이다.

_「무경계」, 켄 윌버, 김철수 옮김, 정신세계사

인생이 질문하면, 우리는 삶으로 대답한다

관념적으로, 삶의 의미를 찾는 데에는 두 가지 방식이 있다.

1. 이야기하기

우리가 삶에서 겪은 사건과 경험 사이의 연관성을 찾고 그것을 이야기로 이어나가는 것이다. 연결된 체험들은 의미라는 공통된 씨줄로 엮인다. 내적 외적 경험을 관통하는 씨줄이 바로 의미다. 우리는 그것을 중심으로 이야기를 만든다. 그런 이야기에는 항상 의미가 내포되어 있고 그것이 삶의 주제가 된다. "당신의 삶이 한 편의 영화라면 어떤 제목을 붙이겠는가?"라고 물었을 때 돌아오는 답이 바로 이야기하기 방식에서 비롯되는 의미 찾기다.

2. 패러다임적 접근

기존에 알려진 의미 체계에 비춰 자기 삶의 의미를 유추하는 것이다. 현자나 구루(힌두교·시크교의 스승이나 지도자)의 말에서도 찾을 수 있고, 성경이나 불경 혹은 철학책에 담긴 덕에서 진리를 발견할 수도 있다. 자기 인생에도 인류가 보편적으로 인정하는 진리의 조건이 내재하고 있다는 것을 깨닫는 것이 패러다임적 접근이다.

『죽음의 수용소에서』의 저자이자 정신의학자 빅터 프랭클은 우리가 인생의 의미를 찾는 방법을 세 가지로 제시했다.

1. 창조적 행위

세상에 무언가를 성취하거나 공헌하거나, 이전까지 존재하지 않던 것을 만들어내는 일에 헌신하는 것이다.

2. 만남

사람 혹은 사건과의 만남을 통해 의미가 창출된다. 누군가와 사랑에 빠진다거나 광대한 자연을 만나 통찰을 얻는 것이다.

3. 고난

우리가 바꿀 수 없는 운명과 맞서 싸우고 시련을 극복하는 과정

에서 삶의 의미는 자연스럽게 의식의 수면 위로 떠오른다. 고난에
맞서 분투하는 과정에서 마음 저 깊은 곳에서부터 부상하는 것이
있는데, 그것이 바로 의미다.

회피하면 안 되나요?

"나도 모르겠어요."
"아무것도 하기 싫은데요."
"그냥 내버려두세요."

우울하고 무기력해서 아무것도 못하겠다면서 당장 해결해야 할 숙제와 의무를 내팽개치는 이들을 종종 본다. 우울증 같기도 하지만 자세히 들여다보면 전형적인 우울증은 아니다. 좋아하는 일을 할 때는 곧잘 하는데 막상 공부나 스스로 챙겨야 하는 일들은 하기 싫다며 미뤄두고 나중에 허겁지겁 몰아서 하거나 기한을 넘겨서 문제를 일으키기도 한다.

고등학생 때까지는 성실하고 아무 문제도 없었는데 대학에 들어와서는 사는 게 무의미하다며 방에만 틀어박혀 있다는 대학생도 자주 본다. 당면 과제를 회피하고 현실에서 도피해버린 것이다. 지켜보는 가족이나 친구는 답답해한다. 정신병이 생겼나 걱정된다며 당사자가 아닌 가족이 대신 상담을 오기도 한다.

회피를 무조건 나쁘다고 할 수는 없다. 자기를 탐색하는 기회가 되기 때문이다. 회피에는 모색의 시간을 확보하려는 의도가 숨겨져 있다. 유충에서 번데기, 성충이 되는 것과 마찬가지로 성장을 위한 일시적 움츠림의 시간이 회피다. 회피는 성장에 필수적이다. 대나무가 높이 자랄 수 있는 것은 잠시 성장을 멈추고 마디를 단단하게 만들기 때문이다. 일단 멈추고, 타인과 외부 세계에서 주어지는 부담에서 벗어나 정체성을 재구축하려는 시도가 회피 행동으로 나타난다. '회피는 나쁘다' 단정하면 곤란하다.

몇 달 혹은 길게는 1년 정도 무기력하게 살아보는 것도 도움이 될 수 있다. 유명인 중에서도 젊은 시절 그런 시간이 있었다며 고백하는 이를 종종 보지 않는가. 골방에 틀어박혀 책만 읽었다든가 '나는 누구인가' 고민하며 방황하고 현실에서 벗어나 목적 없는 여행을 한 적이 있다고.

회피를 통해 자아를 다시 추스르고자 하는 시기는 사람마다 다르다. 그런데 많이들 청소년을 지나 갓 성인이 된 시기에 절실하게 찾아온다. 공부에만 매달리다가 성장에 필수적인 심리 과제를 뒤로 미뤘기 때문이다. 대학에 입학하고 나서 사춘기가 오는 것도 비슷한 현상이다. 자기탐색을 통해 정체성을 확립하는 건 청소년의 과제다. 이 과제를 무시했다가 뒤늦게 나타나는 것이다. 회피에서 벗어나는 시간도 사람마다 다르다. 빨리 일어서라고 재촉하면 역효과가 난다.

회피의 시간이 의미 있으려면 이면에 숨겨진 심리적 과제를 꿰뚫어보고 해결해야 한다. 정체성의 혼란과 재구축, 부모와의 관계 재정립, 지나치게 높은 자존심과 자의식, 비현실적 목표와 기대, 과거의 트라우마, 미숙한 커뮤니케이션, 자기확신의 결여, 열등감, 용기 부족, 새로운 목표 설정의 어려움…….

열정이 사라져서 회피하는 것이 아니다. 열정이 여전히 들끓고 있기 때문에 회피하는 것이다. 끓어오른 열정이 방향을 잃었을 때 나타나는 현상을 회피라고 해야 옳다. 회피는 과거로부터 벗어나고, 옛 존재와 다른 무엇이 되고자 할 때 생긴다. 이미 고정되어버린 것 같은 지금의 모습이 끔찍이도 싫기 때문에, 그것에서 도망치고 싶어하는 것이니, 움츠러듦을 두려워할 필요 없다.

그렇다고 무작정 기다리기만 해서는 안 된다. 회피를 정당화하며, 심리적 발달 과제를 풀지 않고 골방에만 틀어박혀 있어선 안 된다. 실패와 상처를 직접 맛보아야 한다. 아파도 그렇게 해야 한다. 직면하면서 고통을 겪어야 한다. 체험으로만 성장할 수 있다. 회피가 길어질수록 과제의 무게는 커진다. 누구도 자신의 성장을 대신해줄 수 없다. 직접 나서야 하는 일이므로, 미뤄둔다고 과제가 없어지지 않는다. 미뤄둔 과제, 회피한 문제는 점점 자기 마음을 후벼판다. 나중에는 진짜 정신적 문제를 일으킨다. 무엇보다 성숙을 가로막는다.

가라앉는 난파선에서 노 젓기

상담을 마치고 진료실 문을 열어드리려고 의자에서 일어났다. 칠순을 훌쩍 넘긴 어르신은 손을 내밀며 악수를 청했다. 밖으로 모시려고 하는데 그분은 내 손을 잡은 채 "내가 매일 시를 써요. 벌써 4년째예요."라고 했다. 그러고는 문 앞에 선 채로 말을 이어나 갔다.

"대단한 건 아니지만 일상에서 감동받은 순간을 놓치지 않고 매일 아침마다 써온 게 벌써 4년이 되었네요. 새어보니 1,400편이 넘더군요. 평생 공직에서 일하다 퇴직하고 나서부터 문학 공부를 시작했어요. 등단할 수 있도록 꾸준히 노력하고 있어요."

어르신은 상담 내내 딸에 대한 걱정을 이야기하면서 간간이 눈

시울을 붉히다가 "내가 어떻게 한다고 되는 게 아니고 모든 일은 순리대로 흘러가겠지요"라는 말로 울렁이는 마음을 애써 눌렀다. 그렇게 상담을 다 끝내고 난 뒤에야 서정시를 쓰고 있다며 자기 이야기를 조심스럽게 내보이셨다. 아, 이 중요한 이야기를 왜 이제야 하셨을까! 대기 환자들을 더 기다리게 할 수는 없는 상황. 잠시 고민하다 나는 말했다.

"세상에는 두 종류의 사람이 있잖아요. 시인과 시인 아닌 사람. 아버님은 시인이시고 저는 시인 아닌 그저 그런 사람이니…… 다음에는 제가 아버님께 한 수 배워야 할 것 같습니다."

일과가 끝나고 의자에 앉아 멍하니 천장을 보다가 도대체 그 어르신은 왜 시를 쓰기 시작했을까 궁금해졌다. 미처 물어보지 못한 질문이 마음에 남아 그분의 삶을 상상하게 했다. 평생을 공직에서 일했다고 했으니 매일 같은 시간에 일어나 출근하고, 비슷한 시간에 퇴근하고, 일이 많으면 야근도 하고, 바쁘면 휴가도 반납한 채 여름을 넘기기도 했을 테고, 비슷비슷한 일들을 끊임없이 반복하다가, 승진도 하면 잠시 기뻐했다가, 매달 나오는 월급으로 자녀를 교육시키고, 아이가 커가는 걸 제대로 볼 시간도 없이 일만 하고 보니 어느새 자녀는 서먹한 타인이 되어 있었던 게 아닐까? 그렇게 예순이 되고, 일흔이 되어 생의 끝자락에 와서야 놓쳐버린 자기 인생을 아쉬워하게 되지 않았을까? 속절없이 흘러버린 시간과 놓쳐버린 기억들, 얼기설기 꼬여버린 감정들 때문에 괴로웠을 것이다. 열심히 살았지만 허무함을 느꼈으리라. 남은 생이라도 이전과는 다르게 보고, 다르게 느끼고, 매 순간을 소중하게 남겨야겠다고 다짐하지 않았을까? 이런 마음이 모여 매일매일 한 편의 시를 쓰게 만들었을 것이다.

나는 시를 잘 모르고, 시인이 정확히 어떤 사람인지는 더 모른다. 내가 상상하는 시인은 세상의 본질과 그 안에 깊이 숨겨져서 쉽게 드러나지 않는 아름다움을 찾아내는 사람이다. 현실이 지루하고, 괴팍하고, 짜증나고, 불쾌하고, 불안하고, 한줄기 희망조차 보이지 않더라도 그 안에서 의미를 발견해내는 이가 시인이라고 믿고 있다. 특출한 사람만 시인이 될 수 있는 건 아닐 거다. 그저 매 순간 '시인의 마음으로' 충실히 산다면 누구나 시인이 될 수 있는 게 아닐까. 인생의 답을 구하거나 특정한 목표를 추구하는 것이 아니라 있는 그대로의 세상을 세밀하게 보고, 정교하게 보고, 다각도로 보고, 주의를 기울여서 보고, 보이는 것 너머를 보고, 그 안에서 의미를 찾으려고 애쓰다보면 누구나 시인이 될 수 있지 않을까. 찬란하지 않더라도, 제 나름의 메타포로 자신을 뽐낼 수 있다면 그게 바로 시가 아닐까.

"가라앉는 난파선에 타고 있는 것 같아요."

나와 비슷한 나이 또래의 직장인이 상담실에서 한숨 쉬듯 이런 말을 내뱉었다. 매일매일 열심히 일하지만 앞으로 나아가는 것이 아니라 더이상 가라앉지 않게 버둥거리는 것 같다고 했다. 어차피 가라앉고 말 배에서 노를 젓는 일이 무슨 의미가 있겠냐고 했다. 어떻게든 기운이 나게 해주고 싶었지만 그럴 방도를 못 찾았다. 딱히 틀린 말이 아닌 것 같았다. 무슨 말을 한들 현실을 속이려드는 것처럼 느낄 것 같았다. 더욱이 자기만 살겠다고 무작정 배에서 뛰어내릴 수 없는 상황. 꼼짝달싹 못한 채 시간이 흐를수록 가라앉는 배에 머물러 있어야만 하는 상황에서 희망을 찾을 수 없었다. 한참 동안 그의 이야기를 듣고 난 뒤에 내가 할 수 있는 말은 이것뿐이었다.

"그래도 아무 준비 없이 무작정 바다로 뛰어들지는 마세요."

그리고 저녁 늦은 시간, 책상에 앉아 '가라앉는 배에서 노 젓는 일'에 대해 생각했다. 어떻게 해야 할까? '그래, 이 사람은 시인이 되어야 해!' 허무하고 부질없다 느껴지더라도 그 안에 머무를 수밖에 없다면…… 시를 쓰며 견뎌야 한다. 의미가 보이지 않는 상황에서 의미를 찾으려면 우리는 시인이 되어야 한다!

당신에게 일상의 삶이 하찮게 여겨진다고 해서 인생을 탓하지 말라. 당신 스스로를 탓하라. 스스로가 인생의 다채로운 면을 보는 시인이 되지 못했다고 말하라. 조물주가 보기에 이 세상에는 부족한 것이 없으며, 하찮거나 중요하지 않은 것이 하나도 없기 때문이다.

_『인간욕구를 경영하라』, 에이브러햄 H. 매슬로, 왕수민 옮김, 리더스북

행복은 찾는 것인가 오는 것인가

"선생님, 아무리 생각해봐도 행복해질 수 없을 것 같아요."

학창 시절부터 줄곧 1등을 하고 우리나라 최고 대학에 진학해서 누가 봐도 부러워할 만한 직업을 가진 젊은 여성이, 사는 게 하나도 즐겁지 않다며 내뱉은 말이다.

"죽음이 가장 현명한 결론이에요."

아, 가슴이 철렁 내려앉았다.

"아무리 노력한들 위로 올라가는 건 더 어려울 게 분명한데, 조금 방심하고 추락하는 건 너무 쉬워요. 시간이 흐르면 늙고 병들어 초라해질 텐데, 젊고 예쁠 때 죽는 게 차라리 나을 것 같아요."

그녀의 나이에 나는 어떻게 살고 있었나, 하고 시간을 거꾸로 돌려봤다. 꾀죄죄한 남자가 떠오른다. 그는 일하며 꾸역꾸역 논문도 쓰던 대학원생이었고 '너는 머리가 나쁘고 싹싹하지 못하다'라는 지도 교수의 핀잔에 '난 안 되는 건가?' 하며 좌절하고 있었다. 그런 내 모습과 화려한 스펙에 명석한 두뇌의 소유자인 그녀를 나란히 놓고 보니 누가 누구를 위로하고 가르치고 있나 하는 생각이 스쳐갔다. 꾸준히 들어주고, 고민을 나누고, 곁에서 묵묵히 응원해주는 것 말고, 내가 달리 해줄 수 있는 게 뭐가 있을까 싶었다. 기운을 되찾으면 그녀는 분명히 스스로 자기 길을 찾아갈 수 있을 것이라는 믿음이 있었으니까. 당장은 전할 수 없었지만 나중에 그녀 마음에 공간이 생기면 그때는 내가 생각하는 행복에 대해 이야기해주리라 마음먹었다.

세상이 시키는 대로, 눈앞에 보이는 대로 살면 자신의 고유한 색깔을 잃어버린다. 기쁨을 느끼지 못하고 열정은 사라진다. 열심히 살아도 감동이 없으니 비참함만 남는다. 신이 우리에게 던져준 단 하나의 숙제가 있다면 그건 바로 '나 자신으로 살아야 한다는 것, 누구와도 다른 가치를 지닌 신비롭고 특별한 존재가 되는 것' 아니겠는가. 세속적인 성취나 성공만 좇는다면 이런 소명은 이룰 수 없다. 거짓 자아를 진짜라 믿고, 진정한 자기로부터는 소외되고 만다. 불행은 이렇게 찾아온다.

행복이란, 고유한 자기를 완성해가는 여정 그 자체다. 안락한 느낌이 아니라, 자기만의 길을 만들어가고 있다는 믿음이 바로 행복이다. 비록 지금 괴롭더라도 이 세상에 단 하나뿐인 내가 되기 위해 노력하고 있다면, 당신은 이미 행복한 사람이다.

2부

의사 대 내담자

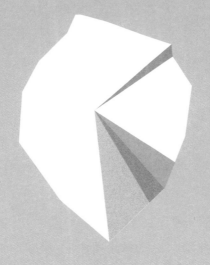

운동하세요?

"선생님은 운동하세요?"

진료실에서 내담자에게 자주 받는 질문이다. 아마 두 가지 의도가 담긴 물음일 테다. 너는 운동도 안 하면서 나한테는 하라고 시키는 것 아니냐는 의심, 그리고 도대체 너는 무슨 운동을 하는지 나에게도 알려다오.

첫번째 의심에 대해서는 오래전, 적어도 10여 년 전에는 받을 만했다. 그때는 운동할 겨를도 없었고 운동에 대한 열망도 없었다. 그러다 어느 순간 변했다. 가장 큰 계기는 내가 진료하는 주된 환자군이 달라졌기 때문이다.

지금도 여전히 우리나라 대학병원은 조현병이나 심한 조울병 환자를 주로 치료한다. 내가 전공의 트레이닝을 받을 때도 마찬가지였다. 그때는 나도 조현병 환자를 가장 많이 진료했고 그러다보니 약물치료와 생물학적 접근이 진료의 거의 전부라고 여겼다. 석박사 학위를 받기 위해 정신유전학 연구에 매진했을 때는 원인 유전자를 찾기 위해 혈안이 되어 있었다. 유전자가 발병부터, 치료 반응과 예후까지 결정할 것이라고 믿었다. 그러다 우울증과 스트레스 질환, 기분 조절의 어려움이라든지 일상에서 쉽게 접하는 심리 문제를 주로 다루고 연구하다보니 유전과 약물로 정신의학 문제가 절대 해결될 수 없다는 것을 절감하게 되었다. 당연한 이야기 같지만, 이 당연한 이야기가 임상에서는 쉽게 적용될 수 없었다. 조현병과 같은 중증 질환을 치료하고, 상담 시간도 짧고, 환자들은 빠른 효과를 원하고, 수익과 효율성을 강요받고, 연구에서도 정신 약물과 유전 생물학이 주된 대상인 상황에 놓여 있었기 때문이다.

약 말고 실질적인 도움이 될 수 있는 것이 무엇일까, 고민하던 차에 생활 습관을 다루는 라이프 스타일 의학과 행동활성화치료에 관심을 갖게 되었다. 이런 것을 권유하려면 나도 운동을 해야만 했다.

생각해보면 내 운동의 역사는 꽤 길다. 어린 시절에는 탁구를 열심히 했다. 초등학교와 중학교 때까지 레슨도 받고, 친구들과 어울려 탁구장에 자주 갔다. 그렇게 익힌 탁구는 정신과 레지던트가 된 후 꽤 쓸모가 있었다. 입원해 있는 환자들이 주로 하는 운동이 바로 탁구였기 때문이다. 환청과 망상에 시달려 상담이 제대로 되지는 않아도 그들과 탁구는 같이 할 수 있었다.

중학교 때 내가 살던 아파트에 하드 코트(아스팔트나 콘크리트로 된 테니스장) 한 면이 있었고 친구들 중에는 테니스 선수도 있었다. 그러다보니 동네에 테니스를 치는 아이들이 꽤 있었다. 집 근처에 테니스 국가대표 선수들의 숙소가 있어서 그곳에 놀러갔던 기억도 있다. 간간이 레슨도 받았지만 탁월하게 늘지는 않았다. 의과대학에 들어가서도 종종 쳤다. 기숙사 앞에 클레이 코트(흙을 깔아 만든 테니스장)가 사면이 있었다. 아무리 해도 실력은 제자리걸음이었지만 뙤약볕 아래서 스트로크를 즐겼던 기억은 잊을 수 없다. 공부하다가 집중이 안 될 때는 병원 주위를 뛰었다. 그렇지만 규칙적으로 하지는 못했다. 시간도 없었고 무엇보다 몸이 지쳐 있을 때가 많아서 뛸 생각을 못했다. 스트레스 받으면 운동보다 술을 마실 때가 더 많았다.

골프도 한때 꽤 열심히 했다. 절정기는 군의관 시절이다. 임관하고 국군대구병원에 발령받아 근무하고 있을 때는 골프에 빠져 있었다. 관사에서 차를 몰고 20분 정도 가면 대구컨트리클럽이 있었는데, 그곳 야외 연습 레인지에 자주 갔다. 새벽 일찍 일어나 그곳으로 가면 사람이 거의 없었다. 5번 아이언을 휘둘러 골프공이 새벽안개를 뚫고 들어가 궤적이 사라지는 순간의 느낌은 지금도 잊을 수 없다. 그 이후로도 몇 년간 골프에 미쳐 있었는데 어느 순간 시간이 아깝다는 생각이 들면서 딱 끊었다.

서울아산병원에 근무할 때였다. 부서장이 어레인지한 골프 약속이 있었고 의사뿐 아니라 행정 직원들이 함께했다. 일요일 새벽 일찍 일어나 골프를 치고 저녁식사를 하고 폭탄주가 돌았다. 그때 '내가 지금 뭐하고 있나!' 하는 생각이 번쩍 들었다. 윗사람 비위 거슬리지 않게 술을 다 받아 마시고 거짓 웃음 팔고 시시껄렁한 농담에 맞장구쳤는데 이게 무슨 의미가 있나 회의감이 들었다. 일요일을 다 날린 것도 아까웠지만 내가 진정으로 좋아하는 골프는 이런 게 아니라는 생각이 들었다. 비즈니스 목적으로 무슨 일을 도모하기 위해서가 아니라 '새벽안개를 뚫고 직선으로 뻗어가던 골프공의 느낌'을 잊을 수 없어서 골프를 사랑했는데. 수련하듯 스윙을 가다듬고, 매일 반복하면서 점점 나아지는 몸의 움직임을 느낄 수 있어서 좋았는데. 사회생활을 하면서 치는 골프는 그런 것이 아니었다. 스코어를 매기고, 내기를 하고, 경쟁을 하고, 즐거운 척하며 떠들고, 모든 것이 억지로 하는 일이었다. 그래서 딱 그만 뒀다.

10년 전부터는 피트니스 센터에서 빠르게 걷기 시작해서, 꾸준히 달리는 것까지 유산소 운동을 했다. 이른 새벽 출근하기 전에 달렸다. 특별한 약속이 없으면 퇴근해서 항상 피트니스 센터에서 걷고 뛰기를 반복했다. 지금도 여전히 뛴다. 뛰면 기분이 좋아진다. 정신이 맑아진다. 물론 처음부터 이런 느낌은 아니었다. 힘이 들고, 조금만 오래 뛰면 아팠다. 뛰기 싫을 때도 많았다. 하지만 2~3년 꾸준히 달렸더니 편해졌다. 한두 달이 아니라 2~3년이 지나서야 달리기가 편해졌다. 5킬로미터를 매일 달리는 것이 나에게 제일 잘 맞다.

최근에는 수영을 시작했다. 지금껏 혼자 터득해서 수영했는데 그러다보니 효율적으로 물을 가르지 못했다. 한 달 전부터 유튜브로 수영 강습 영상을 보고 익힌 것을 실습하고 있다. 병원 문을 닫고 나와 늦은 시간에 수영장에 간다. 매일 하니까 역시 조금씩 늘었다. 성취감도 느꼈고 무엇보다 효율적으로 물을 캐치 앤 풀Catch & Pull 하면서 내 몸이 물을 쭉 가르고 나가는 짜릿함이 좋다. 앞으로도 쭉 하게 될 것 같다. 자유형 하나만 주야장천 해볼 계획이다.
1~2년 그리고 3년 후에 내 몸에 어떤 느낌이 올지 궁금하다. 그
걸 느끼기 위해 꾸준히 수영장에 간다.

5AM 클럽에 가입하라

종종 환자에게 배운다. 내가 환자에게 알려주는 실용적 팁보다 환자가 내게 알려준 자기관리 기법이 더 효과적일 때가 있다. 강박과 불안, 약한 우울증에 만성적으로 시달리던 환자 한 분이 알려준 것이 있다. '5AM 클럽.'

그의 말에 따르면, 방법은 이렇다. 하나의 활동을 정해진 아침 시간(클럽 이름대로 새벽 5시)에 일어나자마자 무조건 한다. 이를테면 팔굽혀펴기 30회를 하는 것이다. 스트레칭도 좋고 가벼운 러닝이면 더 좋을 수 있다. 일어나자마자 무조건 책상에 앉아 책을 읽을 수도 있고, 기르는 화초에 물을 줄 수도 있을 것이며, 밤새 닫아뒀던 창문을 활짝 열어 환기를 할 수도 있고, 전날 미뤄두었던 설거지를 해도 되고, 원두를 수동 그라인더로 갈아 커피를 내려 마실 수도 있다. 원두를 가는 것도 은근 힘들다. 가족 몫까지 2~3인분을 한꺼번에 간다면 한두 달 지나서 팔뚝 근육도 굵어질 거다. 이 기법을 내게 알려준 환자는 7AM 클럽에 가입했고, 아침 7시에 일어나 백팔배를 하고 있다고 했다. 효과가 꽤 좋았다. 이걸 실천한 날은 활력이 돌았고 하루가 만족스러웠다.

이 기법을 내가 상담하는 다른 내담자(그는 환자가 아니라 상담만 하러 일주일에 한 번씩 온다)에게 소개해줬다. 국내 최고의 S대학을 다니는 똑똑하고 잘생긴 남학생이다. 정신적 문제는 없다. 그는 조금 더 성실한 생활을 원했다. 근면해지기를 원했다. 자기조절력이 강해지길 바랐다. 지금보다 그리고 어제보다 오늘 그리고 내일 더 나은 사람이 되고 싶어했다. 물론 공부도 더 잘하고 멋진 회사에 취직하고 싶다고 했다. 거창한 상담이 오가지는 않는다. 그저 일상생활을 이야기하고, 그 이야기를 하며 깨닫게 된 점을 나눈다. 내 개인적인 체험도 들려준다. 5AM 클럽을 소개해줬더니 그는 매일 아침 8시에 일어나 러닝을 하기 시작했다.

5AM 클럽의 핵심 치료 인자

1. 일정한 시간에 일어나는 것
2. 일어나자마자 인지적 개입 없이, 잠시도 고민하지 않고, 무조

건 신체를 활성화시키는 것

3. 그것을 루틴이 될 정도로 반복하는 것

4. 자기효능감을 증진하는 것

나는 아침에 일어나자마자 몇 쪽의 책을 읽거나, 가벼운 글을 쓰거나, 설거지를 한다. 시간 여유가 있는 주말에는 원두를 갈아 커피를 내려 마신다.

명상이 별거냐

나는 설거지를 열심히 한다. 아침마다 한다. 퇴근하고 집에 왔는데 싱크대에 그릇이 쌓여 있으면 그것도 내 몫이다. 가끔 집에서 고기 구워먹고 나면 더러워진 불판도 닦아야 한다. 삼겹살 구워먹은 다음의 설거지가 제일 힘들다. 기름도 문제지만 불판 사이에 끼어 있는 검정의 이물질을 깨끗이 없애려면 세밀함과 관찰력, 근력까지 필요하다. 결벽증이 있는 것도 아닌데 고기 불판을 닦을 때는 강박 증세가 있다. 빠득빠득 씻다보면 내 머릿속 생각은 '도대체 고깃집의 그 많은 불판들은 어떻게 닦을까, 정말 깨끗하게 닦일 수가 있는 건가!' 하는 의심에 이르기도 한다. 설거지가 매번 이런 의심을 낳는다면 정신 건강에는 독이 되겠지만, 가끔 하는

생각일 뿐이고, 오히려 일상의 설거지는 마음챙김Mindfulness 활동
이다.

설거지에는 묘한 매력이 있다. 양념이 묻은 접시를 세제 묻힌 수
세미로 둥글게 둥글게 닦고 나서 물로 헹굴 때 손가락 끝과 접시
사이의 마찰력이 뽀드득뽀드득 소리를 일으키면 기분이 좋아진
다. 기름기가 싹 사라지면 뿌듯함이 느껴진다. 숟가락과 젓가락 하
나하나를 흐르는 물로 조심스럽게 헹궈낼 때는 가족 건강을 책임
지겠다는 경건함이 차오른다. 설거지의 마지막 단계는 싱크대 세
척이다. 그것까지 끝내야 한다. 물때를 남겨둬선 안 된다. 빛이 반
사되어 튀어오를 듯한 싱크대의 스테인리스 표면을 보며 '세균들도
미끄러져 넘어지겠는데……' 상상하며 흐뭇해한다. 그러고 보니
설거지는 세심洗心의 과정이라고 할 수 있겠다. 설거지가 사소해 보
여도, 그 안에 애착을 갖는 가치가 담겨 있으면 숭고한 일이 된다.

수도꼭지에서 흐르는 물을 보며 '이 물은 어디서 오는 걸까?' 하
고 기원을 더듬어본다. 아파트 옥상 물탱크의 파이프를 따라 내려
온 물이 우리집으로 흘러왔겠지. 그 물탱크의 물은 수도관을 따
라 한강 어딘가로부터 흘러왔을 것이고. 그 물줄기를 따라 상상을
이어가면 어느새 내 마음은 어느 가을날 한강변을 따라 드라이브
하던 기억에 닿아 있다. 가슴 설레는 추억이 떠오르고 강 위로 붉
게 타오르던 노을이 생각난다.

오수가 된 물은 어디로 흘러갈까? 하수구를 통해 정수장을 거쳐 강물이 되어 흐르다 바다에 이르겠지. 바다에 닿은 물은 수증기가 되어 하늘로 올라가 구름이 되고, 비가 되어 우리에게 돌아오겠지. 설거지하는 동안 나와 지구는 별개의 존재가 아니다. 하나로 연결된다. 거창하게 표현하면 이게 바로 우주적 의식Cosmic Consciousness이 아닌가! 별 의미 없던 생각과 느낌이 하나로 연결되고, 내면 깊은 곳에 잠겨 있던 기억과 상상이 연결되어 영롱한 이미지가 설거지를 하는 동안 나의 의식에 떠오른다. 설거지는 가사 노동이 아니라, 명상이로구나!

명상이 별건가. 조용한 방에서 가부좌를 틀고 앉아야만 명상이 되는 건 아니다. 일상의 행동 하나하나에 주의를 기울이고 집중하면, 살면서 행하는 모든 것이 명상이다. 지루한 일상이라도 세밀하게 느끼고 몰입하면 명상적 경지에 이를 수 있다. 지금 여기에 주의를 기울이려는 태도, 나를 둘러싼 자연과 하나 되려는 자세. 이것이 행복을 일궈내는 기초다.

자기만 생각하고, 자기 마음속으로만 파고들어서는 진정한 삶의 의미를 찾지 못한다. 편협하고 어두운 나르키소스적 관점에서 벗어나 외부의 무언가에 열중하는 것 그 자체가 마음 해독제다. 주의력 'Attention'은 세상과 관계하면서 경험을 쌓아간다는 뜻의

'Attendere'에서 파생되었다. 내가 집중하는 것이 내가 인식하는 현실이다. 주의를 기울이지 않으면 현실은 흐리게 보인다. 집중하지 않고 살면 마음에 아무것도 남지 않는다. 나를 벗어나 세상에 주의를 제대로 기울이지 않으면 삶은 허무하게 느껴지고, 마음은 공허해진다. 그럼에도 불구하고 사람들은 일상에서 몰입을 좀처럼 경험하지 못한다. 연구에 따르면 하루 한 번 이상 몰입에 이르는 사람은 20%에 불과하다.

명상이 좋다고는 하지만 나는 적극적으로 처방하지 않는다. 도대체 명상을 따로 할 만큼 시간을 내기도 어렵거니와 꼭 그렇게 명상이란 이름을 붙이고 해야 하는 건지도 모르겠다. 일상의 작은 일 하나에도 세심하게 주의를 기울여 행하면 그것이 바로 명상적 삶의 실천이다.

이제 다시 명상할 시간이다. 싱크대 앞으로 가자.

약 대신 달리기

불안과 우울, 스트레스에는 약보다 운동이 더 효과적이다. 정교하게 시행된 임상 연구들을 보면 약한 정도의 우울증에는 운동이 항우울제만큼 효과가 좋다는 사실을 알 수 있다. 몸이 뻐근하다는 점만 빼면 부작용도 없고, 약값도 들지 않는다. 더 놀라운 것은 꾸준히 운동한 환자는 항우울제로 치료한 이보다 재발 가능성이 낮다는 사실이다.

나는 달리기를 싫어했다. 운동회를 싫어했고, 체육을 싫어했다. 학창 시절 체육 수업 전에 몸을 풀어야 한다며 운동장을 몇 바퀴씩 돌게 했던 선생님도 미워했다. 오래달리기(체력장)가 대입 학력

고사 성적에 반영되던 시절이었는데, 열심히 달려도 쉽게 나를 앞질러가는 친구들의 등을 바라보며 약해빠진 내 장딴지 근육과 넙다리곧은근을 원망했다. 세상에는 아무리 노력해도 이룰 수 없는 것이 있게 마련인데, 나에게는 달리기가 그랬다.

달리기를 못하기도 했지만, 빨리 달리고 싶다는 욕망 자체가 없었다. 순위를 매기고, 일정 시간 안에 주파하라고 밀어붙이니 달리기가 더 싫어졌다. 그저 내가 원하는 만큼, 내 몸에 맞춰 달리라고 했으면 싫어하진 않았을 텐데, 그렇게 할 수 없는 현실에서 나는 달리기와 불화할 수밖에 없었다.

군의관으로 입대해서 장교 훈련을 받던 시기에도 달리기 때문에 무척 고생했다. 몇 킬로미터를 정해진 시간에 통과하지 못하면 벌점을 받고, 그러면 휴가에 불이익이 있을 거라는 교관의 속 보이는 경고에 겁먹고 어떻게든 빨리 달리려고 애쓰던 때였다. 의사국가고시에 막 합격하고 입대한 예비 중위들과 나처럼 전문의 자격증을 따고 들어온 예비 대위들은 거의 대부분 저질 체력의 소유자들이었다(적어도 내 기억에는 그렇다). 경상북도 영천의 훈련소 연병장을 달리다보면 얼마 못 가 비실비실 처지는 훈련병이 속출했다. 레지던트 시절 운동은커녕 피곤에 절어 시간만 나면 누워 있기 일쑤였고 주말에도 모자란 잠을 몰아 잤으니, 입대 무렵에는 저질 체력으로 변해 있었다. 일과가 끝난 늦은 밤이면 술과 야식으로 수

련의의 설움을 풀다보니 근육 키울 새가 없었다.

그랬던 내가, 지금은 멍한 정신을 깨우고 하루종일 집중력을 좋게 유지하려고 새벽부터 뛰고 있다. 이렇게 바뀌게 된 것은 '스트레스' 덕택이다.

내 인생에서 달리기를 가장 열심히 했던 때는 5년 전쯤이다. 새벽 5시 알람이 울리면 퉁퉁 부은 눈을 간신히 뜨고 주섬주섬 옷을 찾아 입고 피트니스 센터로 갔다. 어차피 달리다보면 땀이 날 거고, 달리기가 끝나면 샤워를 하게 되니 세수도 않고 집을 나왔다. 새벽 운동을 마치고 출근했다가 퇴근하고 집에 가기 전 또다시 피트니스 센터에 들러 20분을 더 달렸다. 시간이 넘쳐났거나 일이 적어 한가했던 게 아니다. 뱃살을 빼려고 했던 것도 아니고 건강하게 오래 살려는 욕심도 없었다. 그저 하루를 잘 버티기 위해 달려야만 했던, 그런 날들이 이어지던 때였다.

직장 상사 때문에 마음 편할 날이 없었고, 사표를 써서 책상 서랍에 넣어두고 일하던 시절이었다. 아침저녁으로 달리지 않고는 스트레스를 해소할 수가 없었다. 퇴근하고 나서 달리지 않으면 상념에 잠겨 쉬이 잠들지 못했다. 그나마 아침에 뛰면 일할 의욕이 다시 차올랐다. "누군가로부터 까닭 없이(라고 적어도 내가 생각하기에) 비난을 받았을 때, 또는 당연히 받아들일 거라고 기대하고 있던 누군가로부터 받아들여지지 못했을 때, 나는 언제나 여느 때보다 조금 더 긴 거리를 달리기로 작정"했다는 무라카미 하루키처럼, 내 안의 분노를 지우기 위해 달리고 또 달렸던 것이다.

달리기 싫을 때도 종종 있다. 그럴 때는 달려야만 하는 내 나름대로의 은밀한 목적을 되새긴다. 늙어서도 여행을 꾸준히 다니려면 체력이 좋아야 할 텐데, 미리 운동을 해둬야 그렇게 할 수 있다고 스스로를 달랜다. 나도 어쩔 수 없는 소비의 동물인지라 신형 러닝화가 출시되면 자꾸 사고 싶어진다. 멀쩡한 것이 있는데도 반발력을 높여 더 빨리, 오래 달리게 해주는 밑창을 과학적으로 깔아놓았다는 러닝화 광고를 보면 기어코 사게 된다. 하루키가 미즈노 운동화를 즐겨 신는다는 것을 그의 에세이를 읽다가 알게 되었는데(정확한 내용은 기억나지 않지만 동양인 러너에게 미즈노 운동화가 적합한 이유를 흡입력 있게 이야기했던 것 같다), 그후에 학회 참석차 싱가포르에 갔을 때 국내에는 출시되지 않았던 그 브랜드 제품을 사려고 쇼핑몰을 샅샅이 뒤지기도 했다. 해외에서 공수해온 러닝화를 신어도 실력엔 전혀 변화가 없었지만, 왠지 더 기분좋게 달릴수 있었다.

러닝을 즐기는 사람들은 자신의 기록을 꼼꼼히 적어두고 관리하기도 하던데, 나는 그런 것에는 관심이 없을뿐더러, 솔직히 내게는 필요가 없다. 그저 내 정신이 선명해질 만큼 달리면 그것으로 충분하다. 감각이 알려주는 목표에 맞춰 달리는 게 좋다. '이런 느낌이 드는 것을 보니 대략 몇 킬로미터 정도 달렸겠구나' 감이 온다. 아니나 다를까. 트레드밀의 통계를 열어보면 내가 느낀 대로 나온다. 트레이닝 셔츠 아래로 땀방울이 떨어지기 시작하면 커피 서너 잔을 마신 것처럼 정신이 명료해진다. 느리지만 꾸준히 달리다보면 몸의 찌뿌둥한 기운이 사라진다. 나에게 달리기는 카페인이 듬뿍 든 신맛 나는 룽고이자 타이레놀이다.

일단 하고 보자!

지친 마음을 리프레시하려고 여행을 떠나지만, 솔직히 이런 방식으로 리프레시가 가능할까? 찌들어버린 몸을 이코노미에 구겨 넣고 한참을 날아 시차도 안 맞는 곳에 도착해 적응해야 하는데, 피곤이 여행으로 사라질 리 없다. 여행을 다녀와도 문제다. 일을 다시 시작하려면 더 힘들다. 이런 괴로움을 뻔히 예상할 수 있는데도 틈만 나면 싸게 나온 비행기표를 찾아 인터넷을 뒤진다. 또 떠나고 싶어진다. 더 힘들어지더라도, 떠나고 싶다. 중독이 따로 없다.

북유럽으로 여행을 떠나기 전 나는 기대를 잔뜩 품었다. 헬싱키는 중간 여행지나 기착지로 몇 번을 갔지만, 본격적으로 핀란드와 노르웨이, 스웨덴에 묵으며 여행한 적은 없었던 터라 그곳의 새로운 문화도 체험하고 싶었고, 디자인 소품 쇼핑 욕구도 컸다. 그런데 여행을 마치고 돌아와서 제일 좋았던 게 무엇이냐 묻는다면, 단연코 트레킹이라고 답하겠다.

노르웨이의 바위 절벽, 프레케스톨렌에 오르기 위해 작은 마을 스타방에르에서 하룻밤을 먼저 묵었다. 푹 자고 일어나서 아침 일찍 출발하기로 했다. 바람이 좀 차가웠지만 기상이 나쁠 것 같지는 않았다. 그런데 다음날 일어나보니 먹구름이 잔뜩 끼었고 툭툭툭 비도 떨어졌다. 빗방울이 꽤 굵었다. 아, 이런 낭패가 있나. 프레케스톨렌을 오르려면 트레킹을 하고, 산 위까지 오르는 등산도 해야 하는데 비를 맞으면서 할 수 있을까 염려가 됐다. 그냥 포기하고 하루를 쉴까? 혼자라면 비를 맞고 등산하는 건 그리 큰일이 아닌데 초등학생 딸을 데리고 간 터라 빗길에 미끄러지기라도 하면 어쩌나 걱정됐다.

"딸, 그래도 가자. 일단 갈 수 있는 데까지 가보고, 비가 계속 와서 도저히 안 될 것 같으면 그때 돌아오자. 비 때문에 갈지 말지 망설이기보다는 비를 맞고 걸어본 뒤에 그만둘지 말지 결정하자."

등산로 초입부터 비가 내렸다. 빗줄기는 굵었고 옷이 젖었다. 모자를 뒤집어쓰고 배낭에서 우산을 꺼내 펼쳤다. 옷이 무거워지

고, 빗물은 차가웠다. 트레킹 폴대를 쥔 손이 시렸다. 미끄러운 돌
이 앞길을 막을 때마다 긴장했다. 그러다 중간에 해가 났고, 정상
에 다다르자 비는 그쳤다. 가뿐한 마음으로 정상에 섰다. 등산로
가 험악하지는 않았지만, 빗길에 초등학생 딸을 데리고 오르기에
그리 편한 코스는 아니었다. 그래도 누구의 도움 없이 끝까지 올랐
고, 정상에서 광대한 경외감을 직접 체험할 수 있었다. 피오르가
만든 절벽 낭떠러지까지 걸어가보기도 하고, 살짝 점프도 해보고,
수백 미터 아래에서 흐르는 물을 따라 시선을 옮기며 인생에 대해
생각해보기도 했다. 그렇게 정상의 기운을 만끽했다.

또다시 프레케스톨렌에 갈 기회가 있을까? 없을 것이다. 노르웨
이를 다시 여행하더라도 다른 산을 오르고, 다른 곳을 트레킹할
테니까. 만약 그날 비를 뚫고 가지 않았다면 내 인생에서 그때의
프레케스톨렌은 영원히 없는 것이었다. 비를 맞으며 도달했던 정
상에서의 절정 체험은 그때, 그 순간뿐이다.

원하는 것이 있으면 그냥 해야 한다. 먹구름이 끼고, 비바람이
몰아치고, 천둥이 내려도 해보고 싶은 게 있으면 일단 해봐야 한
다. 겁먹고 물러나버리면 똑같은 기회는 두 번 다시 찾아오지 않는
다. 여행이든 등산이든 일이든 연애든 그 무엇이라도 마음에 품은
것은 잘될지 안 될지, 난관에 부딪힐지 아닐지 염려하지 말고 할

수 있는 데까지 해보자는 마음으로 저질러야 한다.

중간에 폭우가 쏟아져서 더이상 걸어갈 수 없다면, 아쉽지만 어쩔 수 없다. 그건 나와 맞지 않는 일이라서 그런 거다. 그 시간에 나는 그 일과 어긋날 수밖에 없는 운명인 거다. 그런 일은 아무리 애를 써도 이미 이뤄지지 않게 운명 지어져 있는 것일지도 모른다. 할 수 있는 데까지 했는데도 상황이 여의치 않다면, 굳이 무리할 필요는 없다.

중간에 그만두면 그때까지의 노력은 수포로 돌아가는 게 아니냐 묻겠지만, 그렇지 않다. 처음 목표했던 것을 이루지 못했더라도 시작했다는 그 자체, 과정을 충실하게 밟았다는 경험은 영원히 남는다. 그런 충실의 기억이 어제보다 나은 나를 만든다. 나란 사람은 목표를 이룸으로써가 아니라 과정에 충실함으로써 달라진다.

전쟁이 터져도, 먹어야 산다

이라크의 전장에서 피자 굽는 화덕을 본 적이 있다. 2004년, 미국이 이라크를 침공해서 전쟁이 한창 치열하던 때다. 한국 부대가 이라크 남부의 탈릴 공군기지에 주둔하고 있었을 때, 나도 그곳으로 파병되고 그곳에 있던 다국적 부대의 기지들을 돌아다닐 기회가 있었다. 포르투갈 군대의 주둔지에 있던 화덕을 보고 신기해했다. 탈릴 공군기지 안은 안전한 편이었지만, 그 기지가 있던 나시리야 시내에서는 총격전이 벌어졌고 사상자가 나오기도 했다.

전투 지역에 주둔해 있었지만, 어찌되었건 사람이 모여 있는 곳이니 먹는 것이 중요했다. 우리나라 부대의 식사도 맛있었다. 한국에서 근무하던 군병원 밥보다 훨씬 좋았다. 그러나 다른 나라 부대의 야전 식당을 돌아다니면서 '아, 이게 문화의 차이인가?' 하고 놀랐다. 우리나라 같으면 "어디 살벌한 전투 지역에서……"라며 군기 바짝 들게 하고 기본적인 욕구마저 통제하려고 들었을 텐데, 그들은 달랐다.

이탈리아 부대에서는 점심시간에 와인도 한 잔씩 마실 수 있었다. 스테이크에 파스타도 맛났다. 에피타이저부터 디저트까지 구색 맞춰 뷔페식으로 차려진 음식들을 보며 "와" 하고 탄성을 지를 뻔했다. 포르투갈 부대장에게 이 화덕에서 실제로 피자를 굽느냐 물었더니, 그렇다고 하더라. 주말이나 기념일에 화덕에서 구운 피자를 먹는다고 했다. 심지어 적군이 쓰던 로켓포(바주카포)를 화덕 위에 장식해두었다. 아무리 심각해도, 아무리 긴장되더라도, 아무리 무섭더라도 먹고사는 삶은 똑같고 그 안에서도 '유머와 위트'가 필요하다는 걸 상징적으로 보여줬다. 물론 포르투갈 부대장이 나와 같은 생각으로 이 물건을 장식해둔 것인지는 모르겠지만, 적어도 내 느낌은 그랬다.

탈릴 기지에서 가장 기억에 남는 게 뭐냐고 묻는다면 '긴장했던 작전의 순간이나, 의사로서 사명감을 가지고 전쟁터에서 진료했던 헌신의 기억'이라고 해야겠지만…… 솔직히 고백하자면 미군기지 내의 식당에서 먹었던 랍스터가 지금까지 뇌리에 박혀 있다. "뭐 이런 정신 나간 군의관이 있나!"라 할 수도 있겠지만, 솔직한 마음이다. 전쟁이 한창 치열하던 때이니 파병 부대원으로서의 본업을 더 또렷하게 기억해야겠지만, 고향에서 멀리 떨어져 황량한 사막 한가운데에서 생활하고 있었던 평범한 인간에 불과한 나의 뇌는 랍스터 육질을 먼저 떠올리는 걸 어찌하랴.

전쟁터라 해도 있을 건 다 있었다. 미군기지 내에는 배스킨라빈스도 있었고 밴앤제리스 아이스크림 트럭도 있었고 무슨무슨 피자도 있었다. 엉성하게 차려진 하드록 카페도 있었고 시간 맞춰 열리는 해피아워에는 무알코올 칵테일을 싸게 마실 수도 있었다. 무료 콘돔도 있었다. 전쟁터에 파견된 우리나라 부대에는 없는 물건이었다. 아무리 살벌해도 기본적인 욕구와 삶의 즐거움을 잃지 않고, 그걸 당연하게 여기는 문화가 좋다.

아무리 치열하고, 위험하고, 긴장하고, 어떤 일이 벌어질지 모르는 상황이라도, 그리고 가족과 떨어져서 홀로 버텨야 하는 상황이라도 맛있게 먹고 즐거움을 잃지 않아야 한다.

"입시 공부가 중요하지, 취업 시험 준비중인데 여유 부릴 수 없다, 이렇게 우울한데 먹는 게 눈에 들어오지 않는다" 염려 말고, 그럴 때일수록 맛난 것 찾아 먹고, 유머를 잃지 말아야 하는 것이다.

겉과 속이 어떻게 같나요

너무 투명하고, 너무 솔직한 사람이 마냥 좋게 보이지 않는다. 가끔은 알아도 모른 척, 몰라도 아는 척하는 게 낫다. 응큼하다는 소리를 들을 수도 있겠지만, 속을 적당히 감춰두는 것도 필요하다.

"회사 동료나 상사에게 내가 우울증 치료를 받고 있다는 걸 알려야 하나요?"라고 묻는다면 절대 그러지 말라고 한다. 혹시 "가족 같은 회사이니 힘든 일이 있으면 상사인 내게 다 털어놔"라는 말을 들었다면 그런 말에 홀라당 넘어가지 않는 게 좋다. 이해관계가 맞물려 돌아가는 곳이 회사인데, 그런 곳에 내 전부를 밀어넣으면 압사당한다.

"내가 그 사람을 잘 알아!"라고 큰소리치거나 "그이가 하는 말을 들으면 척 하고 알 수 있지!"라고 단정적으로 말하는 사람은 피하는 게 좋다. 누군가가 당신을 어떤 성격이라고 평가하거나 어디 출신이고 어느 학교 출신이라며 꼬리표를 달거나 누구와 친한지 파악하여 분류한다면, 그를 경계해라. 경직된 틀에 당신을 구속하려들 거다. 자기 뜻에서 벗어나면 '너는 틀렸다'고 비난할 거다.

"그렇게 안 봤는데, 너에게 그런 면이 있는 줄 몰랐어." 칭찬보다 실망했을 때 이런 말을 더 자주 쓴다. 실망을 넘어 배신감을 느끼면 네가 그럴 줄 몰랐다며 목청을 높인다. 직장 동료가 나를 물 먹일 가능성이 있는지, 직장 상사가 나를 밀어줄 의사가 있는지, 애인이 진정으로 나를 사랑하는지…… 겉만 보고 알 수 없다. 말만 듣고 진짜 마음을 알 수가 없다. 속마음이 훤히 보인다면 인간관계로 고민할 일도 없을 거다. 타인에게 무슨 꿍꿍이가 숨어 있는 것은 아닌지, 나를 속이는 것은 아닌지 애써 머리를 굴리지 않아도 된다. 속마음이 그대로 드러난다면 상처받을 일도 없어질 것이다.
　하지만 나는 항상 뻔한 말에, 뻔한 행동을 하는 사람들과 어울려 사는 건 결말이 정해진 드라마를 보는 것 같아서 싫다. 호기심이 생기지 않고 금방 싫증난다. 안갯속을 걷듯 뿌옇고 모호한 느낌, 보려 해도 다 보이지 않는 알 수 없음이 좋다. 도박을 싫어하지만, 그게 왜 그렇게 재미있을까 생각해보면 쉽게 드러나지 않고 은밀하게 숨겨진 것을 찾아 떠나는 모험심 같은 게 발동하기 때문일 것이다. 추측하고, 예측하고, 포커페이스 이면에 숨겨진 마음을 읽어내려는 노력이 도박의 묘미 아닌가. 사람들이 겉 다르고 속 다르기 때문에 이 세상도 스릴 넘치고 재밌는 게 아니겠는가.

겉보기에는 부지런하지만, 속은 게으른 사람도 있다. 일에는 성실하지만 내면을 돌보는 데는 게으른 사람, 세상 이야기는 열심히 듣지만 마음의 소리를 듣는 것에는 한없이 게으른 사람, 자신의 욕구를 채우는 데는 부지런하지만 타인을 돌보는 데에는 게으름을 피우는 사람, 커리어는 부지런히 쌓아올리면서 인격을 쌓는 데는 느려터진 사람도 넘쳐난다. 이성은 재빠르게 돌아가는 데 감정을 살피는 데는 느린 사람도 많다.

부지런함과 게으름은 동전의 양면이다. 부지런하다고 단언해서도 안 되고 게으르다고 비난해서도 안 된다. 겉으로는 부지런해 보여도 내면적으로는 무척 게으를 수 있고, 겉으로는 게을러 보여도 속으로는 부지런히 인격을 다듬고 있을 수도 있으니까. 겉으로 부지런한 것이 내면의 불안을 감추려는 행동일 수도 있다. 아무 일도 하지 않고 멍하니 있는 것처럼 보여도 마음의 동굴로 들어가 무의식을 탐색하는 중일 수도 있고.

정신과 전공의 시절, 지금은 은퇴하신 원로 교수께 자주 들었던 가르침이 있다.

"환자에 대해 아무것도 모른다는 마음을 잃지 마라."

지금은 나도 세상 사람들과 많이 만나면서 심리를 해석한답시고 이러쿵저러쿵 떠들지만, 그럴 때마다 스승의 가르침을 저버린 제자처럼 죄책감을 느낀다. 진짜 훌륭한 정신과 의사일수록 잘 모르겠다는 말을 많이 한다. 마음이라는 우물은 들어가도 들어가도 끝이 없다. 깊어질수록 어둡다. 그래서 안 보인다. 간신히 보여도 그 실체가 무엇인지 알 수 없는 경우가 허다하다.

마음은 우주다. 일개 정신과 의사가 어떻게 우주를 다 알 수 있겠는가.

연애 상담은 하지 않습니다

연애에 대해서는 잘 모른다. '잘 모른다'라고 툭 던지는 이유는 10년, 20년 아니 그 이상 결혼생활을 해온 부부가 갈등하고, 반목하고, 매일매일 싸우면서도 같이 살고, 서로에게 죽일 듯 덤벼들다가도 언제 그랬냐는 듯이 힘을 모으는 사례들을 자주 접하다보니 사람과 사람이 만나 사랑에 빠지고 그 관계를 이어가는 것에 대해 제삼자가 몇 마디 이야기만 듣고 이러쿵저러쿵 이야기할 수 없다는 것을 체험으로 깨달았기 때문이다.

부부 치료의 효과가 나타나는 기전을 분석해보면, 치료 외적인 요인이 87%를 차지한다. 상담 기법이나 기술은 치료 효과에 13%밖에 기여하지 않는다. 아, 이렇게 허망할 수가. 하지만 이게 현실이다. 상담으로 관계를 개선하려고 노력하지만 그건 사실 우리가 알지 못하는 마법이 찾아오기를 기다리는 것이나 마찬가지다.

연애 상담을 원하는 사람들을 보면, 사랑의 원리 같은 게 있다고 믿는 것 같다. 관계를 매끈하게 이어갈 수 있는, 그래서 상처받거나 거절당하지 않는 비법이 있거나 한 것처럼 생각하는 것 같다. 사람이 만나서 인연을 맺고 결혼에 이르는 것은 별똥별의 충돌 같은 거라 궤도를 예측할 수 있다면 좋겠지만, 까마득한 곳에서 날아오는 별은 피할 수 없는 거리나 되어서야 눈에 들어오는지라 의도적으로 선택할 수 없다. 하여, 연애나 사랑에 관한 조언은 모두 부질없다.

'우리가 진정으로 사랑할 때는 왜 사랑하는지 모르고 사랑할 때다'라는 말이 있지 않은가. 내가 그 사람을 왜 좋아하는지, 왜 사랑에 빠졌는지, 그 이유를 분석하는 것은 말장난에 불과하다. 사랑하는 데 이유는 없다. 사실 누가 누구와 사랑에 빠지는 것은 이성적으로 설명될 수 없는 충격적 사건이다. 만약 이런저런 이유 때문에 그 사람이 좋다라 말한다면 그건 사랑의 진짜 이유가 아니라 사랑하지 않음에도 사랑한다고 스스로를 속이는 변명일지도 모른다. 우리는 자신이 진정으로 원하는 것이 무엇인지 제대로 알지 못한다. 사랑의 진정한 동기를 아는 것은 불가능하다.

　연애를 어렵게 여기는 청년들이 많다. 관계의 실전 경험이 부족한 탓이다. 어떤 행동을 할 때 상대방 마음과 감정이 어떻게 움직일지 부딪쳐가며 깨달아야 한다. 연애는 실패와 아픔을 직접 겪으면서 익혀야 한다. 즉흥적인 행동이 요구되는 순간에도 '왜'라는 의문에 붙들려 한 발자국도 움직이지 않을 때면 옆에서 지켜보는 내가 답답하고 갑갑해진다.

　타인과 마음을 맞추고 삶의 이야기를 함께 만들어가는 것은 동서고금을 막론하고 늘 어려운 일이었다. 연애 멘토의 조언을 갈구하는 건 평론만 읽고 영화를 다 본 것처럼 떠들어대거나 영화는 보지 않고 팝콘과 콜라만 잔뜩 마셔대는 것이나 마찬가지다.

　사랑은 매직 아닌가. 설명할 수 없는, '짜잔' 하고 마법처럼 이루어지는, 알 수 없는 신비에 의해서 이뤄지는 그런 게 사랑 아닌가. 사랑에 대한 설명은 그저 위안 삼기 위해 이성이 만들어낸 거짓 스토리일 뿐이다.

　마마스 건의 〈Love Logic〉이라는 노래가 있다. 사랑은 로직이 아니라 역시 매직이라는 걸 느끼게 되는 노래다. '사랑을 어떻게 논리적으로 이해하려고 하니!' 이 노래가 전하는 메시지다. 웃음이 눈물이 되고 바닥이 무너져도 낙심하지 말고, 뒤돌아보고 곱씹을 필요 없다. 사랑이 논리적으로 이해되지 않는다고 한탄할 필요 없다. 원래 그런 거니까.

안 된다는 것을 알면서도, 안 될 줄 알면서도 해봐야만 하는 일들이 있다. 실패할 것이 분명한데도, 실패를 직접 겪어야만 하는 일도 있다. 그 길로 가면 고통밖에 남지 않을 것이란 걸 알면서도 그렇게 할 수밖에 없는, 그런 일들이 있다. 이런 일들이 인생사에는 정말 많다. 사랑과 연애도 그런 일이다. 어쩌면 인간의 숙명이 원래 그런 것일지도 모르겠다. 서글프게도 우리에게는 이런 숙명에서 벗어날 힘이 없다.

재능 타령은 이제 그만!

정신과 의사를 하면서 참 많이 듣는 말 중 하나가 "내가 잘하는 게 뭔지 모르겠어요. 나는 재능이 없는 것 같아요"다. 도대체 재능 이란 어떻게 해야 찾을 수 있을까? "남들은 다 자기 재능을 잘 알 고 그걸 제대로 활용할 줄 알던데…… 나는 내 재능이 뭔지도 모 르겠어요"라고 한탄한다. 과연 그럴까? 그렇지 않다.

당신의 강점에 대해 말해달라고 하면 대부분 바로 답을 하지 못 한다. 자기 자신을 잘 몰라서이기도 하고, 어렴풋하게 생각하는 것 이 있어도 확신을 갖고 있지 않아서다. 한 연구 결과를 보면 "당신 의 강점이 무엇이냐?"고 물었을 때 곧바로 대답하는 사람의 비율은 30%에 불과했다. 미국의 경영학자 피터 드러커도 말하지 않았던가. "사람들은 자신의 장점을 안다고 생각한다. 하지만 그 생각은 틀릴 때가 많다. 사람들은 자신의 단점에 대해서는 더 잘 안다고 생각한다. 하지만 그 생각 또한 옳기보다 틀린 경우가 더 많다." 괜히 자신만 자신의 재능을 못 찾고 방황한다고 자괴감에 빠질 필요 없다.

자신의 잠재력에 대한 의문은 잘나갈 때보다 낙담하고 우울할 때 떠오르기 마련이다. 번아웃 증후군의 대표 증상도 '지금까지 믿어왔던 자기 강점에 대한 회의감'이다. 일에 지쳐서 탈진하면 "지금 하고 있는 일을 제대로 할 수 없을 것 같아요. 내 능력이 부족한 것 같아요"라고 읊조리는 자신을 발견하게 된다. 무기력할 때 느껴지는 능력에 대한 불신에 속아 넘어가지 말고, 지치고 힘들어서 자신의 강점이 제대로 눈에 들어오지 않음을 일깨워야 한다. '불안한 마음 때문에 자기확신을 잠시 잊어버린 거야. 잠재력이 사라진 것은 아니야!'라고 스스로를 믿어야 한다. 재능이란 자신에 대한 믿음을 잃지 않는 것에서 출발하는 법이다.

재능=시간×우연

사람마다 재능을 정의하는 방식은 제각각이겠지만 내가 정의하는 재능은 이렇다. 재능은 시간이라는 함수를 통해야 얻을 수 있는 가치다. 시간을 벼르고 나면 어떤 형태로든 외부로 표출될 수밖에 없는 것이 재능이다. 닥치는 대로 체험하고 나서야 '나의 재능은 이것이로구나!' 하고 깨닫는다. 재능이 꽃을 피우고 나면 비로소 거슬러올라가 잠재적으로 그것이 존재했다고 사후적으로 인식하게 되는 것이다. 별자리 찾기와 같다. 커넥팅 더 닷Connecting The Dots이라고 하지 않나. 그냥 보면 하나의 별에 불과하지만, 별들을 하나하나 이어야 비로소 별자리가 완성되는 것처럼, 재능도 시간을 꿰어야 보인다.

자신이 지금까지 경험한 모든 일들이 어느 순간 유용하게 쓰일 때, 그것이 놀라운 마법처럼 제자리를 찾아가는 퍼즐 조각처럼 느끼는 순간 '나의 재능이 이것이로구나' 하고 깨닫는다. 재능 발견이라는 주제에만 골몰하면 아무것도 못 찾는다. 막연하게 마음으로 그리고 있는 자기 재능은 신기루 같은 것이다. 재능이란 현실과 충돌해야 불꽃처럼 피어오른다. 세상에 자신을 충분히 던져 넣어보지도 않은 채 '나는 재능이 없어!'라고 한탄하면 곤란하다. 비록 자기계발은 안 되고 월급 타기 위해 꾸역꾸역 출근하고 있더라도 인간은 일을 통해야만 자기정체성을 완성시킬 수 있는 존재다. 무엇이든 철저히 시도해보고, 한계까지 자신을 몰아가보고 나서야 '이게 내가 잘할 수 있는 일이구나' 하고 비로소 알게 된다.

다른 분야는 어떤지 자세히 알 수 없지만, 내가 몸담은 의료계엔 대가라고 불리는 의사들 중에서도 우연히 찾아온 기회에 헌신하다 그 분야에서 최고가 된 경우가 많다. 전공 분야를 어떻게 선택하게 되었느냐 물으면 "원래 하고 싶었던 전공은 따로 있었는데, 친한 선배가 술을 사주며 레지던트 지원자가 없으니 들어오라고 권유하는 바람에 시작하게 되었다"라고 하거나 "전문의 면허를 따고 세부 전공 분야에서 최선을 다해 연구하고 진료했지만 취직이 되지 않아서 낙담하고 있었는데, 생소한 분야에 티오가 생겨서 그 자리에 어쩔 수 없이 가게 되었다. 열심히 하다보니 지금의 내가 되어 있더라"라고 한다. 인간의 운명이란 의도적 선택이 아니라 자신에게 던져진 우연을 받아들일지 말지를 결정하는 것이다.

따지고 보면 세상일 중에 우연지사가 아닌 게 어디 있겠는가마는, 나이가 들수록 우연이 삶을 지배한다는 믿음이 점점 강해진다. 재능도 마찬가지. 태어날 때부터 혹은 커가면서 이미 내 안에 견고하게 자리잡고 있는 것이 아니라, 어떻게 어떻게 살다보니 예정에 없던 길을 어쩔 수 없이 가야만 했고, 그 길을 따라가다보니 '이게 뭐지?' 하고 보석처럼 얻어지는 것이 바로 재능이다.

뜻대로 되지 않는, 우연에 의해 조롱당하는, 자신을 초월하는, 자신의 힘으로는 어쩔 수 없는, 그저 받아들일 수밖에 없는, 함부로 움직일 수 없고 단지 가만히 있을 수밖에 없는……. 그런 사태와 마주치고 말았지만, 그럼에도 새롭게 기대나 바람이나 기도를 담아 몇 번이고 되풀이되는 단념 속에서도 포기하지 않는 것. 아마도 그곳에 '기다림'은 성립한다.

_「기다린다는 것」, 와시다 기요카즈, 김경원 옮김, 불광출판사

체험을 쌓으며 기다리다보면 재능은 우리의 인생에서 조금씩 자라나다가, 어느 순간 세상을 향해 힘차게 그 존재를 드러낼 것이다.

상상의 산물들

지리산 자락에 와 있다. 별을 본다. 야간자율학습 시간에 친구와 운동장 스탠드에 나란히 앉아 별을 보며 '앞으로 우리는 무엇이 되어 이 세상을 살게 될까' 이야기했던 고등학생 시절이 떠올랐다. 나는 누구이며 어디로 가는 것일까. 어렸을 때 상상하곤 했지만 세월이 흐르며 지워져버린 질문. 별에는 이런 상상을 자극하는 힘이 있다. 시간의 테이프를 반대로 돌려보면 그때의 상상 중에 현실이 된 건 거의 없다. 꿈은 이루어져서 가치 있는 게 아니고, 무언가를 이루려 애쓰는 마음 그 자체가 중요한 것이니, 바람이 현실이 되지 못했어도 괜찮다.

누군가 나에게 "너의 두뇌 기능을 한 가지만 빼놓고 다 앗아간 다면, 남겨두고 싶은 단 하나는 무엇이냐?"라고 묻는다면 기억력 이나 이해력, 언어나 수리 능력이 아니라 "상상력"이라고 대답할 것 이다. 제발 상상할 수 있는 그 힘만은 가져가지 말라고 애원할 거 다. 만약 신이 지금 내 앞에 나타나 소원을 말해보라고 하면 어린 아이처럼 상상력이 더 커질 수 있게 해달라고 할 거다.

현재의 고통과 꽉꽉한 현실에서도 희망을 품을 수 있는 건, 지금 은 존재하지 않는 시간과 공간을 상상할 수 있어서다. 이미 발생한 충격이 사라진 때를 상상하고, 지금은 없지만 앞으로 있을 그 무 언가를 마음에 그릴 수 있어야 좌절하지 않는다. 극한에서도 긍정 을 품고, 절망에서도 낙관할 수 있는 건 상상력 때문이다. 고통으 로 가득찬 현실을 살아갈 힘도, 상상 없이는 구할 수 없다.

정신 건강을 증진시켜준다고 알려진 이 세상의 모든 심리 기법 들을 관통하는 핵심은 '상상력을 키우기 위한 것'으로 환원된다. 변 화의 동기는 달라질 미래를 적극적으로 상상할 때 생긴다. 다른 인 생을 살고 싶다면 달라질 내 모습을 머릿속에 생생하게 그려낼 수 있어야 한다.

"지금 당신 앞에 놓인 문제를 그대로 둔다고 가정해봅시다. 5년 이 흐른 뒤 당신은 어떤 모습일 것 같나요?"라는 상상력을 자극하 는 질문으로 지금 당장 해야 할 일을 찾게 만들 수도 있다.

자유와 순수, 즐거움을 잊어버리고 덧없다는 느낌과 뻔한 일상에 질식할 것 같다면 칼 구스타프 융이 제안한 적극적 상상Active Imagination(분석심리학에서는 적극적 명상이라고 부른다)을 시도해보면 좋겠다. 적극적 상상이란, 무의식에서 일어나는 감정, 환상, 백일몽을 경계하거나 비판하지 않고 의식에서 적극적으로 받아들이고, 마치 자기 밖에 있는 객체처럼 대화를 나누는 것이다. 이는 인간 최고의 정신 활동이며, 무의식에 숨어 있는 인격들을 통합하는 작업이다. 이렇게 설명하니까 무척 심오한 기법처럼 느껴질 수도 있겠지만, 어렵게 받아들일 필요 없다. 그림 그리기, 진흙놀이, 춤추기로 심상이 활성화되면서 따라오는 정서적 감동과 연결되는 체험에 깊숙이 빠져드는 것이다. 아이처럼 놀면서, 상상의 나래를 펴보겠다는 마음으로 자기 내면으로 다이빙해 들어가는 것이라고 여겨도 좋겠다.

공감은 상상력의 혜택 없이 절대로 성립할 수 없다. 상상력을 동원해서 타인의 내면세계를 내 안에서 재현할 수 없다면, 공감도 없다. 상상이라는 불확실한 도약 없이 공감은 시작되지 않는다. 어디 공감뿐이랴. 친절과 배려와 겸손 같은 미덕들도 나 아닌 다른 사람의 삶을 상상할 수 있을 때 일어나는 감정이다. 인간이 인간일 수있는 건 모두 다 상상력 때문이다. 사랑도 상상의 산물이다.

사랑이 당대의 현실이라고 생각해? 천만의 말씀이지. 누군가를 위하고, 누군가를 위해 희생하고, 누군가를 애타게 그리워하고…… 그게 현실이라면 이곳은 천국이야. (……) 애당초 현실에서 일어날 수 없는 일이야. 누군가를 사랑하는 일은 그래서 실은, 누군가를 상상하는 일이야. 시시한 그 인간을, 곧 시시해질 한 인간을…… 시간이 지나도 시시해지지 않게 미리, 상상해주는 거야.

_「죽은 왕녀를 위한 파반느」, 박민규, 예담

어쩌면 사랑이란 머릿속에서 제멋대로 이야기를 지어내고 터무니없는 것을 상상하기 때문에 생겨나는 것인지도 모른다. 상상을 발판 삼아 투신하는 사랑 뒤에 언제나 아픔이 따르는 것도 이 때문이리라. 사랑이 식는 것도 마찬가지. 아무리 노력해도 연인의 마음이 도무지 상상이 되지 않을 때 사랑은 사라진다.

지리산을 파고드는 길의 맨 끝자락에 자리잡은 마을, 묵계. 계곡물도 소리 죽여 흐르는 곳이다. 세상과 단절하듯 겹겹이 쌓인 봉우리들을 보고 있으면 세상 그 어느 예술로도 느낄 수 없는 숭고함이 느껴진다. 아, 그러고 보니 '숭고'라는 이 감정은 우리의 상상으로 그 실체를 알 수 없을 때, 그래서 그 어떤 말로도 표현할 수 없을 때 느끼는 것이 아닌가. 그곳에 자리잡은 아름답고도 아늑한 사찰의 대웅전 앞뜰을 수놓은 연등을 보며 기도했다. "제발 좋은 일만 있기를……" 상상이 현실이 되기를 바라는 간절한 소망을 담아 두 손을 모았다. 그래, 기도는 간절한 상상이다.

현실이 되기 힘든 무엇이 현실이 되게 해달라고 두 눈 감고 저 하늘을 향해 고개를 조아리는 기도의 행위는 상상으로 시작되어 상상으로 끝나곤 한다. 그럼에도 불구하고 연약한 우리는 또다시 상상이 이끄는 기도에 의지할 수밖에 없다.

"제발 좋은 일만 있기를……"

지리산 밤하늘에는 별들도 많아, 상상도 별만큼 많아졌다.

현명하게 탁월해지자

지금까지 살던 방식대로 계속 살면 탁월해질 수 없다. 탁월해지기 위해서는, 다르게 살아야 한다. 자신감을 갖고 당당해지기 위해서는 기본을 지켜야 한다. 단순한 원칙을 꾸준히 실행하면 반드시 탁월해진다.

우선 시간 약속 지키기. 예약했던 환자가 아무 말도 없이 오지 않거나, 상담을 위해 한 시간을 비워두었는데 당일에 갑자기 취소하면 뜻하지 않게 여유 시간이 생긴다. 누군가는 약속을 너무 엄격하게 지키는 환자를 강박적 성향 때문이라고 해석하던데, 내 생각은 다르다. 예약한 날짜에 최대한 맞춰 오는 환자는 확실히 예후가 좋다. 더 나아지기 위해 기본을 지키려고 애쓰기 때문이다. 아예 다른 병원에 가버린 환자야 어쩔 수 없지만, 다른 병원에 갈 것도 아니면서 약속을 번번이 어기는 환자가 있다. 이런 경우 치료 효과가 일정하게 나올 리 없다. 예후도 당연히 지지부진하게 흘러간다. 약속 시간에 매번 늦게 나타나는 사람의 심리에는, 지각을 통해 자신이 중요한 사람인 것을 타인에게 인식시키려는 경향이 숨겨져 있다. 상대를 기다리게 함으로써 타인의 시간보다 나의 존재가 더 소중하다는 것을 보여주려는 것이다. 탁월한 사람은 타인의 시간을 소중히 여긴다.

신뢰는 말이 아니라 행동에서 나온다. 입으로 모든 것을 다 할 듯하지만, 정작 행동이 없다면 탁월해질 수 없다. 그 사람이 누구냐 하는 것은 그의 행동으로 알 수 있다. 빈말만 쏟아내기 때문에, 믿을 수 없는 사람이 되는 것이다. 원래부터 그런 사람이란 없다. 말만 하고 실제로는 아무런 행동도 하지 않는 사람보다 최악은 없다. 실패할지라도 일단 말을 꺼냈으면 행동해야 한다.

나쁜 관계를 무시하고 자기 일에 헌신해야 한다. 인간 같지 않은 인간들과 같이 일하고 섞여 살아야 한다. 재수없는 사람들이 도처에 널렸다. '왜 하필 저런 인간과 같은 사무실에 있어야 하나? 저

인간이 왜 하필 나의 상사인가? 저 자식은 왜 저 따위로 말하나?'
이런 생각은 해봐야 아무런 변화를 만들어내지 못한다. 어차피 사람이 사람을 바꿀 수는 없다. 에너지 낭비다. 그냥 무시하고 자기 일에서 탁월함을 보여줘야 한다.

나도 힘들게 느껴지는 사람이 여럿 있다. 과거에 여럿 겪어봤다. 무척 힘들었다. 내가 어떻게 해도 그들은 바뀌지 않았다. 무시하고 살고 싶은데, 그들이 나를 괴롭히기도 했다. 잊지 말아야 할 것이 있다. 나라는 사람을 탁월하게 만드는 건, 나쁜 사람들과 잘 지내는 것이 아니라 내가 하는 일에서 탁월해지는 것이란 것을.

탁월해지기 위한 방법으로 내가 항상 중요하게 강조하는 것 중에 하나가 '매일 아침 샤워하기'다. 꼭 아침이어야 할 필요는 없지만 그래도 하루에 한 번은 꼭 깨끗이 씻어야 한다. 아침에 샤워하라는 제안은 무기력에 빠진 환자에게 내가 하는 부탁이다. 아침에 눈을 뜨고도 멍하니 침대에 누워 있으면 무기력은 절대 달아나지 않는다. 도저히 일어날 수 없는데 어떻게 일어나냐고 볼멘소리를 한다. 하지만 그럼에도 불구하고, 이 정도는 할 수 있다. 억지로라도 시작하면 분명히 빨리 좋아진다. 이런 습관이 들면 다시 무기력이 찾아와도 스스로 이겨낸다. 정신과 상담도 하기 싫고 약도 먹기 싫은데 우울증에서 벗어나고 싶다면 매일 아침 깨끗이 샤워하고 뜨거운 물로 체온을 올려라. 무기력해도 이 규칙은 지켜라. 그러면 확실히 우울증이 덜 찾아온다. 찾아와도 약하게 온다.

자기관리를 하고 단정히 옷을 입는 건 자기 자신을 위하는 길이기도 하지만 타인에 대한 존중의 표시다. 타인을 존중하지 않는 사람이 탁월해지는 법은 없다. 자기 몸을 아낀 만큼 타인을 아끼게 된다. "내가 우울해서 가족에게 미안하다"라고 말만 하지 말고, 지금 당장 일어나 깨끗이 샤워하라. 그게 진정으로 가족을 위하는 길이다.

단기적인 목표나 계획도 중요하지만 인생이라는 큰 그림을 어떻게 그려갈지 정해야 한다. '성장하는 길'을 걷고 싶은지 '성취하고 더 많이 얻는 삶'을 원하는지 '즐겁고 유쾌하게 살기'를 바라는지 '타인을 돌보고 그들과 연대감'을 더 느끼고 싶은 것인지 '사회적 가치'에 헌신하고 싶은지 등 자기가 기쁨을 느끼는 지점을 알아야 한다. 코나투스(자신의 속성을 유지하거나 확장하려는 내적 노력)를 상승시키는 삶의 지향점을 갖고 있어야 한다. 그 방향으로 계속 걸어가야 한다. 그 과정에서 나란 사람은 점점 탁월해진다.

자신이 정한 삶을 사는 것은 무척 어려운 일이다. 누군가가 시키는 대로 사는 것이 더 편하고 쉽다. 잘못되면 그 사람을 비난하면 되니, 부담도 없고 책임감도 덜 느낀다. 하지만 그러면 탁월해지지 않는다. 내 길이 아니기 때문이다. 자기가 가야 할 방향을 스스로 정하고, 그 방향을 향해 매일의 루틴을 만들고 실천해야 한다.

타인을 존중해야 한다. 배려하고 친절해야 한다. 그렇지 않은 사람이 탁월해질 리 없다. 성공하고 성취하고 성장하는 사람은, 자신을 아끼는 것처럼 타인을 아낀다. 못되게 굴지 말자. 타인을 행복하게 만들어주는 것보다 더 훌륭한 일이 어디 있겠나. 그렇게 노력하면, 자신은 점점 더 탁월해진다. 다른 사람의 마음을 편안하게 만들어주면 내 마음도 편해진다. 타인을 배려하는 만큼, 자신도 더 나은 사람이 된다.

자신의 실수와 결함을 인정하는 것이 탁월해지기 위한 필수 조건이다. 누구나 실수한다. 누구나 잘못한다. 누구나 결함이 있다. 자신의 실수를 인정하지 않는 사람은 타인에게도 인색하다. 자신의 결점을 과도하게 비난하는 사람은, 타인의 잘못을 절대 그냥 넘기지 못한다. 혹독하게 비난한다. 자신의 잘못을 인정할 줄 아는 사람은 타인에게도 관대하다. 실수를 배움의 과정으로 여기는 사람은, 타인이 실수해도 그 사람이 더 나아질 거라 믿는다. 타인도

달라지고, 본인도 달라진다. 탁월함은 완벽에서 나오는 것이 아니다. 자기의 결함을 포용하고, 그것을 개성으로 승화시킬 때 탁월해진다.

다른 사람의 잘못을 공개적으로 비난하는 일은 절대 삼가야 한다. 최악의 상사는 부하의 잘못을 공개적인 회의 석상에서 인민재판 하듯이 드러내고 꾸짖는다. 이런 상사에겐 비전이 없다. 그냥 무시하고, 자기 자신이 탁월해질 수 있도록 노력하라. 비아냥거리는 것이 동기부여라도 되는 양 여기는 상사나 선배를 종종 봤을 것이다. 이런 사람은 멀리하라. 타인의 실수와 결점을 자기 힘을 과시하는 수단으로 삼는 것이다. 타인을 도구 삼아 자기 권위를 높이려는 것이다. 이런 사람에게는 잘 보일 필요 없다. 그들은 당신을 소모품 정도로 여긴다. 그렇다고 노골적으로 멀리하지는 마라. 이런 사람들은 의심이 많아 금방 눈치챈다. 슬금슬금 티 나지 않게 피하라. 그리고 자기 일에 헌신하라.

악역을 자처하지 마라. 다른 사람을 벌주지 마라. 어차피 세상은 변하지 않는다. 비관주의를 퍼뜨리고자 하는 말이 아니다. 삶이란 그런 것이기 때문이다. 밝음과 어둠, 흑과 백, 선과 악은 언제나 함께 있다. 하나를 몰아내고 완벽한 선과 밝음만 있는 세상이란, 절대 존재하지 않는다. 그런 세상은 오지 않는다. 경찰관 역할을 자처하며 악을 단죄하고 몰아내려는 건 무의미한 행동이다. 그래 봐야 변할 건 없다. 눈앞에서 악이 잠시 사라질 수도 있겠지만, 또다른 악이 찾아온다. 악은 있는 그대로 놔두고, 탁월해질 수 있도록 자신을 갈고닦아라. 타인의 악행에 대해 소리지르고, 물건을 던지고, 잔인하게 굴지 마라. 폭력으로 악을 몰아내면, 악이 없어질 것 같은가? 그렇지 않다. 본인만 폭력적인 사람이 될 뿐이다.

추억의 밀도를 높여라

내 일상은 단순하다. 이른 새벽 일어나 서재에서 책을 읽다보면, 아내와 딸이 차례로 출근하고 등교한다. 병원 진료는 오전 10시 시작인지라 우리 식구 중에서 내가 가장 늦게 집에서 나온다. 아침에 혼자 남아 설거지를 하고 세탁기에서 빨래를 꺼내 건조대에 널고, 진료가 없는 수요일 오전이면 집안 청소를 한다. 이 일을 모두 끝내고 출근하면 이후부터는 하루종일 상담을 한다. 저녁 무렵 진료가 끝나면 병원에 남아 책을 읽다가 중학생 딸아이의 학원이 끝나는 시간에 맞춰 퇴근한다. 학원 공부를 끝낸 딸을 차에 태워 집으로 데리고 오면 내 하루 일과도 끝난다.

늦은 밤 학원가는 불야성이다. 셔틀버스와 학부모의 차가 서로 엉켜 정체되기 일쑤다. 학원 수업이 끝나는 시간에 딱 맞추려면 미리 서둘러야 한다. 지친 표정으로 학원에서 나온 딸을 차에 태워 집으로 오는 동안 차 안은 심야 상담소가 된다. 사춘기 딸과 중년 아빠가 도란도란 대화 나누기에 이만큼 좋은 분위기는 없다.

수학 학원에서 내준 숙제가 많아서 주말에도 제대로 못 쉰다고 푸념을 한다. '워너원'이 '볼빨간사춘기'에게 음악방송 1위 자리를 내줘서 속상하다고 했다. 친한 친구가 엄마와 싸웠다며 짜증을 내기에 나름의 조언을 해줬고, 담임 선생님께 칭찬받고 싶어 애쓰는데 뜻대로 안 된다며 답답해한다. 친구들과 함께 코인 노래방에서 불렀던 노래를 흥얼거리기도 하고, 다가올 기말고사 걱정에 예민해질 때도 있다. 여중생의 정신세계를 다 알 수는 없지만 그래도 나는 "그렇구나" 하며 맞장구를 친다. 딸은 하소연하고 싶은 것이 많은지 계속 재잘댄다.

"아빠한테 오늘 하루 중에 재미있었던 일 하나만 이야기해줘."

중학생이 되고 학년이 올라가면서 "재밌는 일 없었는데"란 대답이 잦아졌다. 중년이 된 나야 무탈하게 보낸 심심한 하루에 더없이 만족하게 되었지만, 한창 즐거워야 할 여중생이 재밌는 일이 하나도 없었다고 할 때면 안타까웠다. 아무리 그래도 하루 동안 재

미있는 일 한 가지는 분명 있었을 텐데……. 공부에 지치고 숙제
에 치여 잠시 잊은 것이리라. 그렇게 이해하려고 한다.

아빠가 정신과 의사라 해서 특별한 교육 비법이 따로 있지는 않
다. 일본의 정신과 의사이자 문학가이며 석학인 나카이 히사오가
"가정과 학교를 불문하고 교육이라는 건 특히 강박성이라는 꽉 죄
는 옷을 능숙하게 입도록 하는 접근 방식들로 가득차 있다"라고
말했던 것처럼, 아이들의 자연스러운 본성을 억누르는 교육은 적
으면 적을수록 좋다고 생각한다. 하지만 이런 말을 했다가는 세상
물정 모른다고 아내가 타박할 테니 그냥 입 다물고 있을 수밖에.
그래도 딸에게 포기할 수 없는 단 하나의 바람이 있다면, 그건 바
로 지식의 밀도보다 추억의 밀도가 높은 사람이 되었으면 하는 것
이다.

지금까지 살면서 예상치 못한 일로 주저앉고 싶을 때가 많았다.
포기하고 싶었고, 벗어나고 싶었지만 견디고 조금이라도 전진할
수 있었던 건 돌아가신 외할아버지께서 내게 남긴 추억의 힘 때문
이다. 치과 의사셨던 외할아버지의 병원에 놀러가서는 반짝이던
금속 의료 기구들을 보며 신기해했다. 그곳에서 나오지 않으려 하
면 세발자전거에 나를 태워 밀어주며 한참을 같이 놀아주셨다. 내
가 좋아하는 것이라면 그 무엇이라도 남김없이 내 품에 안겨주었

던 당신. 반찬 투정이라도 하면 따뜻한 두 손으로 나를 감싸며 달래주시던 기억. 외갓집 안방에서 외할아버지의 양반다리 속에 앉아 티브이를 함께 보던 그 포근한 느낌. 오래된 기억이지만 그때의 체감은 지금도 생생하다. 외할아버지는 내가 초등학교에 입학하기 직전에 돌아가셨지만, 삶의 방향을 잃고 허우적거릴 때마다 지금도 나는 외할아버지와 대화를 한다. "나는 어떻게 해야 할까요?" 이렇게 물으면 답을 주실 것만 같아서.

과연 딸의 마음에서 나는 어떤 기억으로 남게 될까? 꼭 내가 아니라도, 따뜻한 사람을 곁에 두고, 그들과 함께한 추억이 많은 어른으로 자라주었으면 좋겠다. 앞으로 힘들 일이 많겠지만 꿋꿋이 이겨낼 수 있도록, 추억의 밀도가 높은 사람이 되길 바란다.

자기 산을 올라라

의과대학에 들어가서 처음 2년 동안 예과에서 이런저런 수업을 들었는데, 솔직히 지금까지 기억에 남는 건 거의 없다. 본과로 진급하면 시간이 없으니 예과 때 실컷 놀아야 한다는 선배들의 조언을 충실히 따랐던 터라 그때는 틈만 나면 영화 보고, 책 읽고, 음악 듣고, 노래 부르고, 술을 마셨기 때문이다. 그래도 그 빈둥거림의 시간 중에서 가장 기억에 남는 건 바로…… 우리나라 국립공원의 산들을 올랐던 일이다. 등산을 잘하거나 즐긴다고 감히 말할 수도 없지만 그때 나는 유명하다는 산들을 꽤 많이 올랐다.

고등학교 때까지 제대로 된 등산 한 번 하지 않다가 대학 1학년 여름방학 때, 고등학교 선배들을 따라 지리산에 갔다. 그때의 지리산 종주는 나의 첫 산행이었다. 마치 구름 속에서 산봉우리를 타고 넘듯 걸었던 그때의 느낌은 잊을 수 없다. 지금 떠올려보면 치악산을 오를 때가 가장 무서웠다. 더 험한 산도 많지만 (지금도 그런지는 모르겠지만) 치악산 등산로에는 굵은 돌들이 많아 발이 미끄러지기 일쑤였고 암벽을 타듯 정상을 향해 올라가다보면 아래로 가파른 낭떠러지가 보였다. 그때 다리가 후들거렸던 체감은 지금도 생생하게 남아 있다.

겨울에는 설악산에 갔는데 폭설이 내려 산 아래 민박집에서 3박 4일을 갇혀 있어야만 했다. 지붕에 이를 정도로 눈이 쌓여 오도 가도 못했다. 꼼짝없이 좁은 민박집에 열 명 남짓의 남자들이 모여 썰렁한 농담을 주고받으며 시간을 죽여야만 했다. 사흘째 되던 날에는 배낭에 넣어간 쌀과 반찬마저 떨어졌다. 마지막까지 아껴두었던 3분 짜장 몇 개로 10여 인분의 밥을 비벼 먹어야 했을 때, 선배의 밥은 짜장이 가득해 새까맣고 내 밥은 희멀겋다는 걸 알았을 때 느꼈던 배신감이란……. (그 선배들은 입만 열면 후배들을 아끼고 사랑한다고 했었는데.)

지치고 기운 없고 우울할 때면 유독 소백산이 생각난다. 딱 한 번밖에 오르지 않았는데도 마치 여러 번 가본 사람마냥 소백산의 광경을 생생하게 기억하고 있다. 산 정상에 그렇게 넓은 평지가 있는 곳이 또 어디 있을까? 그리고 그곳에 흐드러지게 피어 있던 꽃들. 내가 그곳에 올랐을 때 꽃이 만발했었다. 깔딱고개를 넘어서 산중턱에 이르렀을 때 짙은 회색의 꼬꾸라지듯 박혀 있는 고사목의 강한 인상도 잊을 수가 없다. 소백산을 어머니의 산이라고 하는 건 죽은 나무도, 작은 꽃도, 가파른 오르막뿐 아니라 넓은 평지도 모두 품고 있어서일 것이다.

소백산을 올랐던 날의 에피소드가 하나 있다. 그 당시, 소백산 밑에서 하룻밤을 자고 그다음날 아침 일찍 산을 올라 오후에 내려와서 집으로 돌아오는 기차를 타고 새벽 3시경에 역에 도착했다. 같이 갔던 선배가 역에서 조금 쉬었다가 아침에 첫차를 타고 집으로 가자고 했다. 선배 두 명과 나까지 해서 돈을 모으면 택시비 정도는 있었던 것 같은데, 그 선배는 왜 굳이 기차역에서 아침을 기다려서 첫차를 타고 집으로 가자고 했는지 지금도 잘 이해가 되지는 않는다 (택시비와 세 명의 버스비는 비슷했다). 어쨌든 그렇게 있다 보니 졸음도 밀려오고 다리도 아파서 역 바닥에 신문지 깔고 누워서 잠을 잤다. 짧은 시간이지만 역에서 노숙을 했다. 지금이라면 도저히 상상도 할 수 없거니와 어떤 이는 왜 그렇게 지저분하게 바닥에 신문을 깔고 잤느냐며 이상하게 여길 수도 있겠지만 그때는 나름 그렇게 나를 혹사하며 여행하는 게 멋있다고도 생각했다. 사실 혹사도 아니다. 꼬질꼬질했을 뿐. 하지만 이런 경험이 낭만으로 승화될 수 있다고 믿었다.

요즘은 머리가 꽉 막혀 생각이 흐르지 않을 때면 우면산을 오른다. 오른다는 표현이 민망할 정도로 야트막한 산이지만, 그래도 그곳 정상인 소망탑까지 쉬지 않고 한달음에 도달하면 맑은 기운이 온몸에 퍼진다. 아웃도어용 의자를 배낭에 넣어 가서 그늘 아래 펼치고 앉아 풀과 나무와 구름을 찬찬히 보고 있으면 딱딱했던 뇌가 서서히 말랑말랑해지는 것이 느껴진다. 아무리 머리를 쥐어짜도 아이디어가 떠오르지 않다가도, 산과 나무와 함께 있다보면 어느 순간 '이거다!' 하고 머리에서 전등이 켜진다.

비록 현실에 발이 묶여 서울 남쪽의 작은 산을 오르지만, 그래도 그것이 내 정신을 깨우는 건 스무 살의 산행 경험들 덕택이라고 믿고 있다. 긴 시간이 흐르고 내가 사는 공간은 달라졌지만 지금도 내 몸은 그때를 기억한다. 지치고 힘들 때마다 산이 그리워지는 건 그때의 추억이 내 몸에 쌓여 있기 때문이다. 그리고 그 공간을 몸으로 다시 느끼고 싶은 거다.

만약에, 만에 하나라도 공간 속에서 내 마음이 움직였다면 '왜 그랬을까?' 하고 스스로에게 묻자. 결핍, 욕망, 잠재력, 울분과 콤플렉스, 온갖 감정들이 마음속에 숨죽여 있다가 공간을 만나 제

소리를 내는 것일 테니까. 잃었던 동심일 수도, 주변을 의식하느라 묻어두고 살아야 했던 자아일 수도 있고, 무의식에 침잠해 있는 그림자가 마음 놓고 드러낼 장소를 만났다고 기지개를 켜는 것일 지도 모른다.

　내면의 목소리가 드러나는 공간을 놓치지 않아야 한다. 공간과 내가 어떤 관계를 맺기에 이런 감동을 느꼈는지, 이유를 찾아야 한다. 공간과 화학작용을 일으킨 감정을 찾아가는 것이 나를 찾아 가는 길이기도 하니까.

기쁨은 어떻게 찾아오는가

'정신 치료'라고 하면 프로이트의 정신분석이나 융의 분석심리학을 떠올리겠지만 현대의 심리 치료는 과거의 그것에 비해 확실히 다양해졌다. 무의식이나 초자아, 원형과 아니마·아니무스로 사람의 마음을 설명할 수도 있지만 수용과 전념, 가치와 목표로 그것을 풀어낼 수도 있다. 마음 치유법도 다양해졌다. 최근 각광받는 것이 인지행동 치료 제 3의 물결3rd Wave CBT이라고 불리는 행동 활성화 치료, 수용 전념 치료, 변증법적 행동 치료다. 또하나 언급하고 싶은 것은 연민 집중 치료Compassion Focused Therap이다. 치료법의 명칭처럼 자기 자신과 타인에 대한 연민, 그리고 연민과 관련된 정서를 확장하는 것을 목표로 하는 치료다.

연민 집중 치료에서는 인간의 정서가 세 가지 시스템에 의해 조절된다고 본다. 그중 첫번째는 위협-안전 시스템Threat-Focused, Safety-Seeking System이다. 일, 건강, 사랑에 위험이 닥치면 이 시스템이 활성화된다. 이것은 세로토닌에 의해 조정된다. 지금의 사회는 위협안전 시스템이 지속적으로 '온On'되어 있는 세상이다. 열심히 노력해도 실직 위험에서 자유로울 수 없고, 아무리 건강을 챙겨도 암 환자가 점점 늘고 있다. 예측 못한 사건 사고로 충격받는 일이 자주 생긴다. 위협-안전 시스템이 항상 켜져 있으면 세로토닌은 점점 고갈된다.

세로토닌은 우리가 '안전하다'라고 느끼게 해준다. 비록 현실은 위험하더라도 평온한 상태로 정서를 조율한다. 대부분의 항우울제는 세로토닌의 재흡수를 막거나, 세로토닌 수용체에 직접 작용하여 활성도를 높여서 불안과 우울로부터 우리를 구출해낸다.

두번째는 소속-위로 시스템Affiliative-Focused, Soothing System이다. 스트레스를 받고 우울해지면 나 아닌 다른 사람의 위로를 통해 마음을 진정시킬 수 있다. 스트레스에 직면하면 인간은 싸우거나 도망가기Fight & Flight 반응을 보인다고 지금까지 여겨왔다. 하지만 보살핌과 친구 되기Tending & Befriending가 더 우세한 행동 반응이라는 것이 연구를 통해 확인되었다. 상사에게 야단맞거나, 연인과 헤어질 위기에 처하면 나 아닌 다른 사람에게 위로받고 친밀감을 느끼면 안정을 되찾게 된다는 것이다.

신뢰감, 친밀감, 연대감의 형성에는 옥시토신이 절대적이다. 옥시토신은 임신과 수유에만 작용하지 않는다. 남자에게도 바소프레신처럼 옥시토신의 역할을 하는 호르몬이 중요한 역할을 한다. 옥시토신은 스트레스 호르몬의 부정적 작용을 막는다. 혈압과 혈당을 안정화시킨다. 스트레스가 넘쳐나는 세상에서 건강을 지키려면 옥시토신이 더 많이 필요하다. 옥시토신 효과를 최대로 얻으려면 어떻게 해야 할까? 단순하다. '스킨십'을 늘리면 된다. 사랑하는 가족의 손을 잡고, 안아주고, 등을 두들겨주면 옥시토신이 활성화된다. 사람을 곁에 두고 우정을 나누면 된다. 신체적 접촉이 아니라 친밀감과 연대감을 느끼기만 해도 옥시토신이 더 많이 나오기 때문이다.

동기-활력 시스템Incentive-Focused, Behavioral Activating System은 위에서 말한 두 가지 시스템과 상호 보완적으로 작동한다. 이 시스템은 주로 도파민으로 조정된다. 우리 뇌의 보상 체계를 움직이는 신경 전달 물질이 도파민이다. 위험이 닥치고 불안에 시달리면 동기-활력 시스템이 작동하기 시작한다. 이 시스템은 두 가지 방식으로 작동한다. 하나는 즉각적인 쾌감을 추구하게 만든다. 짧은 시간에 즉각적인 쾌감을 추구하게 만드는 것이다. 술과 도박, 섹스와 정신 자극제의 탐닉과 같은 행동을 유발한다. 이런 행동 방식은 일시적으로는 불쾌감에서 벗어나게 하지만 나중에 더 큰 위험에 빠진다.

또하나는 위험에도 불구하고 인생의 목표에 헌신하는 행동을 꾸준히 유지하게 한다. 인생의 가치와 목표에 전념하는 행동은 뇌에서 도파민을 분출하게 만든다. 숙달감을 느끼는 것, 성취감이 쾌감으로 이어지는 것도 도파민 때문이다. 이런 행동 방식은 도파민이 서서히 활성화되기 때문에 짜릿함은 적다. 그렇지만 온돌방의 온기처럼 꾸준하고 오래간다. 무엇보다 후유증이 없다. 행복이란 감정이 있다면, 그건 바로 이런 느낌에서 비롯되는 것이다.

3부

상담실을 나와서

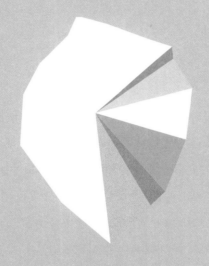

잃어버린 나를 찾아서

일을 그만두고 파리에 머물렀던 적이 있다. 뭐 대단한 일을 하기 위해 그곳에 간 것은 아니었다. 공부나 연구를 위해서도 아니었다. 그저 나를 다른 공간에 놓아두면 지쳐버린 내 마음이 아주 조금은 변할 거란 기대로 그곳에 갔다. 반겨줄 사람 한 명 없는, 말도 통하지 않는 그곳으로 아무런 계획도 없이 떠났다. 그래야 할 필연적 당위도 없었고, 꼭 파리여야 할 이유도 없었다. 무작정 그렇게 하고 싶었다.

하루종일 파리 시내를 걷고, 아무 곳에나 앉아 책을 읽었다. 자주 듣지 않던 음악을 일부러 골라 들었다. 뭉게구름 아래 앉아 멍하니 흘러가는 강물을 봤다. 짧은 정장 바지에 새하얀 스니커즈를 신은 파리지앵을 훔쳐보고, 세월이 가죽에 녹아들어 부드럽게 모양이 잡히는 브리프백에 시선을 빼앗겼다. 그렇게 한낮부터 걷다 쉬다 하며 닿은 곳이 파리시립현대미술관. 지도도 없이 흘러가듯 그곳에 도달했다.

그곳 특별 전시실에는 카렐 아펠의 작품들이 있었다. 어린아이의 낙서 같은 그림. 미술 문외한인 나는 그의 작품을 이렇게 기억했다. 작품을 하나둘 보기 시작했는데 조금씩 조금씩 발걸음이 느려졌다. 앞의 작품이 눈에 밟혀 되돌아가 확인하고, 그리고 다음 작품 앞에서는 조금 더 긴 시간을 보냈다. 그렇게 걸음이 점점 느려지다가 어느 순간 딱 멈췄다. '이 묘한 느낌은 뭐지? 이 작품이 아름다워서? 처음 기대와 달리 진정한 예술처럼 느껴져서? 큰 캔버스에 담겨 눈앞에 떡 하니 있으니까 압도당해서?' 이 묘한 감정이 어디서 비롯됐는지 곰곰이 따져봤지만, 딱 이거다 싶은 답은 떠오르지 않았다. 정체되었던 도로가 서서히 뚫리듯 내 두 발도 다음 전시실을 향해 움직이려고 하던 그 순간, 과거의 기억 하나가 의식의 수면 위로 튀어올랐다. 후세인. 이라크에서 만난 꼬마 아이 후세인과의 기억이었다.

2004년의 뜨거웠던 봄과 여름을 지나 가을을 향해 가던 시절에 내가 우연히 만났던 다섯 살 소년. 그 소년에겐 기구한 사연이 있었다.

소년은 이라크 나시리야 지역 어느 다리 근처에 살고 있었다. 그러던 어느 날 폭탄이 날아와 집 근처에 떨어졌고 그후부터 소년은 말을 하지 못하게 되었다. 나를 찾아오기 전에도 여러 의사를 만나 진찰을 받았지만, 딱히 귀에 문제가 생긴 것도 발성기관에 장애가 생긴 것도 아니라고 했다. 하지만 후세인은 말을 못했다. 어어 하는 소리만 간신히 낼 뿐이었다. 시간이 흐르면 자연히 나아질 거란 막연한 기대로 기다리고 있었는데 한국에서 의사가 왔다 하니 진찰이나 받아보자는 마음으로 내게 왔던 것이다.

말을 할 수 없고, 글도 쓸 줄 모르니 소년은 나에게 그림으로 말했다. 나는 종이 위에 그려진 후세인의 마음을 읽어내려 애를 썼다. 그 소년을 보고, 소년의 그림을 보고, 소년의 마음을 읽으려고 했다. 뭘 그린 건지 물어도 말을 할 수 없고, 글도 쓸 수 없으니 소년은 답을 하지 못했다. 그렇다고 손짓 발짓 하며 자기 마음을 알리려고 하지도 않았다. 그저 묵묵히 그림을 그리고 불쑥 내 앞으로 내놓았다. 가족일까, 친구일까? 빨간색과 파란색이 적과 아군이 맞닥뜨린 것인가? 그림이 후세인을 이해하기 위한 유일한 길이라 여기며 며칠을 두고 고민했지만, 답을 찾지 못했다. 폭격으로 집도 부서지고 말도 잃은 소년을 어떻게든 도와주어야겠다는 책임감을 느끼며 그 그림을 손에서 놓지 않은 채 며칠을 뚫어지게 바라봤다. 그 속에 해답이 있을 것 같아서. 그렇게 한참 매달렸던 그 아이가 긴 시간이 흐른 뒤에 파리의 미술관에서 갑자기 떠올랐던 것이다.

그때 나는 오랫동안 몸담고 있던 서울의 한 대학병원을 그만두고 무작정 쉬고 싶다는 생각만 하고 있었다. 정신과 의사가 아닌 다른 일을 했으면 하고 바라기도 했다. 예전의 나는 그렇지 않았다. 대한민국 그 어떤 정신과 의사보다 최선을 다해 진료했다. 읽고 쓰기를 반복하며 사람과 삶에 대해 탐구했다. 하지만 그 속에서 말 못할 괴로움도 많았다. 대한민국의 여느 직장인처럼 차마 드러낼 수 없는 상처를 입고 비틀거리기도 했다. 내 의지나 노력과는 상관없이 어려움이 찾아오곤 했다. 때론 원망도 생기고, 분노가 깊은 곳에서 일었지만 명색이 정신과 의사인지라 스스로를 달래며 버텼다. 그 시간들을 통과하면서 나는 점점 메말라갔다. 파리에 머물던 그때의 나는 예전의 내가 아니었다.

나는 우연히 카렐 아펠의 그림을 만났고, 후세인을 떠올렸고, 젊디젊었던 뜨거운 시절의 나를 다시 만났다. 어쩌면…… 지치고 힘들어서 놓아버렸던 열정을 카렐 아펠 앞에서 되찾으라는 명령을 받았는지도 모르겠다. 예전의 나로 돌아가라고.

어린이는 버림받은 자, 내맡겨진 자이면서 동시에 신적인 힘을 가진 자이며, 보잘것없고 불확실한 시작이면서 영광스러운 결말이기도 하다. 인간 안에 내재한 '영원한 어린이'는 말로 표현할 수 없는 경험이며, 하나의 부적응, 불이익, 신적 특권, 그리고 궁극적 가치와 무가치를 동시에 하나의 인격에다 실현한 측량할 수 없는 존재에 해당한다.

_『원형과 무의식』, 칼 구스타프 융, 한국융연구원C.G.융저작번역위원 옮김, 솔

거울 속의 거울

내 이름을 내건 작은 의원을 열었다. 개원하고 처음 한 달은 무척 불안했다. 남들 다 한다는 인터넷 광고도 하지 않았고, 심지어 병원 홈페이지조차 없어서 과연 누가 나를 찾아와줄까 걱정했다. 그전에 큰 대학병원에서 근무할 때는 환자를 한 명 보든 백 명 보든 월급은 꼬박꼬박 나왔고 전기료나 병원 관리비를 따로 신경쓸 필요도 없었는데, 독립해서 진료하다보니 환자가 적어서 임대료를 못 내면 어쩌나 직원 월급도 못 주면 어쩌나 하고 불길한 상상이 불쑥 치밀어오르기도 했다.

운이 좋았는지, 망하지는 않겠구나 하고 지금은 마음을 조금 놓을 수 있게 되었다. 최선을 다하고, 진심을 다하면 꾸준히 나를 찾는 분들이 있겠다는 믿음도 강해졌다. 의사도 생활인인지라, 적자 걱정에서 벗어나니 진료라는 본질에 더 충실할 수 있게 되었다. 그러다보니 상담을 하며 보내는 시간을 점점 즐길 수 있게 되었다. 즐긴다는 표현을 써서 환자분들께는 죄송하지만, 그만큼 내가 상담에 더 몰입하게 되었다는 뜻으로 이해해주면 좋겠다.

즐거움을 넘어 감동을 느낄 때도 많아졌다. '환자에게 도움이 되어야지, 의사 자신이 감동을 느낀다니 그게 말이 되냐'고 언짢아하실 분도 있으려나. 그치만 한 세션이 끝났을 때, 벅차오르는 듯한 감정이 느껴질 때가 분명히 있다. 어떻게 해야 할지 몰라 갈팡질팡하는 내담자에게 선명한 길을 보여주지도 못하고, 고통을 해결해주지도 못했는데 뭐라 표현하기 힘든 벅차오름을 그가 느꼈다는 것이 전해질 때가 있다. 무슨 거창한 해석을 내놓은 것도 아닌데 환자 스스로 뭔가를 깨달았다는 듯 눈빛이 달라진다.

모든 환자에게 적용할 수 있는 치료법이나 모든 치료자가 활용할 수 있는 치료는 세상에 없다. 의사는 환자가 이야기하는 것이 무엇이든 일단 따라가보는 게 중요하다. 그의 이야기를 이런저런 각도에서 살펴보고 새로운 관점으로 들여다보면 어느 순간 '이거구나!' 하고 그에 맞는 방법이 자연스럽게 떠오른다.

과연 상담이란 게 도대체 무엇 때문에 효과를 발휘하는 걸까?

오서독스Orthodox한 정신분석이든 카운슬링이나 코칭이든, 그것이 효과적일 수 있다면 그건 도대체 어떤 기전에서 비롯될까? 이건 심리 전공자라면 누구나 궁금해하는 주제다. 나도 그렇다. 언젠가 꼭 책으로 엮고 싶은 주제도 '무엇이 우리 마음을 치유하는가'이다. 이미 잘 알려진 전문적이고 학술적인 내용이 아니라, 어떤 두 사람의 만남이 치유적일 때 그 안에서 일어나는 신비에 대해 이야기해보고 싶다. 요리로 치자면 잘 알려진 레시피가 아니라, 셰프가 몰래 쓰는 조미료를 밝혀내보고 싶은 것이다. 의도하지 않은 우연이 일으킨 변화를 포착해내고 싶기도 하고.

하지만 아무리 설명하려고 해도 설명될 수 없는 것이 너무 많았고, 그 무엇을 깨닫게 되어도 말로 이야기해낼 자신이 없어서 포기하고 말았다. 정말 훌륭한 상담이란 뭘까? 말과 이야기로는 절대다 보여줄 수 없다.

어쩌면 의사와 환자가 나누는 치유적인 대화란 이런 음악일지도 모르겠다는 느낌을 받았다. 두 대의 색소폰이 대등하게 음을 주고받으며 재즈 한 곡을 완성해가는 과정. 클라이맥스가 있는 것도 아니고, 흥분시키려는 것도 아니다. 색소폰 한 대가 슬쩍슬쩍 음을 던지면 다른 색소폰이 뚜르르 반응하고, 이쪽 색소폰이 독백처럼 길게 음을 늘어놓으면 저쪽 색소폰이 아무 소리도 내지 않고 기다린다. 그러다 이게 정말 끝인가, 하며 여운을 남기고 음악은 닫혀버린다. 뚜렷한 결론이나 매듭도 없지만 다 듣고 나면 마음이 한결 가벼워진다. 두 대의 색소폰은 정해진 악보대로 연주되는 게 아니라, 언제 솔로 연주를 시작해야 하는지, 그리고 언제 뒤에서 받쳐주어야 하는지 자연스럽게 알고 있는 듯했다.

한 시간 상담으로 묵직한 전율이 느껴질 때는 피아노와 첼로 소리가 연상된다. 흐느끼는 첼로와 그런 첼로의 울림에 보조를 맞추는 피아노. 피아노는 첼로가 더 많은 이야기를 풀어놓을 수 있도록 섬세하게 뒤를 따른다. 절대로 앞지르는 법이 없다. 다그치지 않는다. 몰아가지도 않는다. 나는 이런 음악을 들을 때마다 첼로는 환자, 피아노는 의사가 아닐까 하고 상상한다. 과연 나는 내 진료실에 앉아 피아니스트처럼 연주하고 있을까, 하고 내 모습을 떠올려보곤 한다. 과연 나는 의사 노릇을 제대로 하고 있는 것일까?

치유는 사람을 어떻게 변화시켜놓겠다는 목표 지점에 도달했을 때 완성되는 것이 아니라, 이야기를 주고받는 과정 그 자체라고 저는 믿고 있습니다. 치유는 어떤 목적을 갖고 행하는 것이 아니라, 사람과 사람 사이에 풍부하고 활발한 화학작용이 일어날 때 생기는 부산물이라고 생각합니다.

_졸저 『당신이라는 안정제』, 달

그러니 우리가 고달픈 삶을 살아내기 위해서는 나를 무엇인가로 바꿔놓으려 목적하는 사람이 아니라, 내 이야기의 목격자가 되어줄 누군가가 필요한 거다.

고민이랑 산책하기

몇 달 동안 진료를 받아오던 사람이 자신이 우울할 수밖에 없었던 진짜 이유는 따로 있다며 "그동안은 말하지 않았는데……"라면서 오래 묵은 고민을 눈물과 함께 토해냈다. 그리고 물었다. "저는 어떻게 해야 하죠?" 질문에 절박함이 묻어나서 이런저런 답을 내놓긴 했지만 올바른 답이 될 수는 없었다. 이럴 땐 고통에서 당장 벗어날 수 있는 방법을 알려주려고 애쓰기보다는 "같이 고민해봅시다"라고 한다. 함께 고민해보자는 말처럼 든든한 말이 어디 있겠는가. 섣부른 대답보다, 답이 보이지 않는 상황에서 같이 고민해줄 수 있는 누군가가 있다는 사실만으로도 우리는 힘을 얻는다.

삶의 문제를 푸는 것은 자기 자신을 절실하게 느끼는 데서 시작된다. 잘나든, 못나든, 상처투성이든 아니든 '내 안에 이런 모습이 있었구나, 그래서 내가 힘든 거구나. 절실히 바라는 것이 있었는데, 그걸 잊고 살아서 이렇게 아픈 거구나' 하고 깨달아가는 데서 비롯된다. 고민한다는 건, 자신을 절실하게 느끼는 과정이다.

나는 답은 원래부터 없다고 믿는 쪽이다. 그렇다고 아예 없다는 건 아니지만, 한 존재를 고민에 빠뜨리는 질문에는 대개 답이 없다고 믿고 있다. 그러면 누군가에게 삶에 대한 질문을 던지고, 친구에게 고민을 상담하고 (그럴듯한 말로 현혹하는) 멘토에게 길을 알려달라고 묻는 것에 무슨 의미가 있느냐고 물을 수도 있겠다. 이것은 자기 마음에 뭐라도 붙잡고 싶어하는 열망 때문에 빚어지는 현상이다. 우리 나약한 인간은 그래야 안심하기 때문이다. 그래야 위로라는 착각의 감정을 잠시라도 느낄 수 있기 때문이다.

세상에는 답이 없는 일들이 너무 많다. 어쩌면 원래부터 답이 없었는데도, 답이 있다고 믿으며 찾고 있는 것일지도 모르고. '인간은 그것이 오류든 아니든 상관없이 믿을 것이 있어야 안심하는 존재'라고 버트런드 러셀도 말하지 않았던가. 뭔가 그럴듯한 이야기를 믿고 싶어하는 본능이 우리 안에 잠재되어 있는 것 같다. 그래서 그런지 "당장 당신의 답을 내놓아라" 하는 내담자를 만나면 나는 괴롭다. 답을 잘 모른다는 게 첫번째 이유지만, 교과서 밖 인생에서 던져지는 질문에 답이란 게 애당초 있기나 한 것인지 모르겠기 때문이다.

인생 경험이 많고 지혜가 충만한 사람이라도 삶에 대해 '이것이 정답'이라고 함부로 말할 수 없다. '내가 하는 조언을 따르라'는 외부의 주장은, 그것이 아무리 옳아 보여도 내 마음에 들어오면 쓸모없어진다. 삶의 문제에 대해서는 언제나 자기 마음에서 비롯된 것만이 유효한 법이다. 무엇보다 확신에 찬 조언은 의심해보는 것이 좋다. 그건 '나'를 위한 것이라기보다 그 말을 한 사람 자신을 위한 것일 수도 있으니까.

워낙 걷는 것을 좋아해서, 화창한 날이면 무조건 걷고 싶어진다. 비가 와도 걷고 싶을 땐 걷는다. 목적지를 정해놓지 않는다. 지도도 보지 않는다. 그냥 걷는다. 느낌 가는 대로 좌우를 정하고, 호기심이 생기는 쪽으로 발을 돌리고, 눈에 띄는 건물이 있으면 잠시 멈춰서 관찰한다. 그러다 또 걷고 싶어서 다시 움직이다보면 어딘가에 닿아 있다. 그러고 나면 '아, 내가 이렇게 저렇게 걸어와서 지금 이곳에 닿아 있구나' 깨닫게 된다. 거창한 목적지에 닿은 것도 아니고, 인생에 해답 같은 걸 얻지는 못했지만 걸어왔던 길을 조금 더 높은 곳에서 조망해보면 '그래, 삶이란 이런 거지' 느끼게 된다. 거창한 아이디어가 나오지 않더라도, 조금 더 넓은 시각에서 삶을 바라볼 수 있게 된다.

고민은 산책이다. 지도 없이 하는 산책이 고민이다. 목적지를 정해놓고 뛰어가는 것이 아니라, 주위를 세밀하게 관찰하며 시야를 트이게 하는 과정이다. 같이 고민해주는 누군가가 있다는 것은, 든든한 동반자와 함께 걷는 것이다.

우리는 정답 그 자체보다 그것을 얻기 위해 고민하는 과정을 중요하게 여겨야 한다. 빨리 답에 이르려고 하거나 바로 써먹을 수 있는 방법을 찾으려 하기보다는 이리저리 돌려보고, 보이지 않는 것을 보려 하고, 느낄 수 없었던 것을 느낄 수 있도록 심사숙고하는 프로세스가 진짜다. 비록 답을 얻지는 못하더라도, 그 과정에서 분명 지혜는 얻게 될 테니까 말이다.

내일의 나는 조금 더 기쁠 것이다

너 자신에 대해 이야기해봐, 라고 하면 너무 낯설고 어렵다. 대신, 네가 좋아하는 것에 대해 말해봐, 하고 묻는다면 좀더 쉽게 말문을 틀 수 있다.

나는 프랑스에서 흔히 보는 노트 브랜드 클레르퐁텐에 일본 미쓰비시 HB연필로 글 쓸 때의 느낌을 좋아한다. 도쿄 긴자의 문구점 이토야에서 판매하는 빨간 딱지 붙은 리갈 패드에 아메리칸 펜슬 2HB로 필기할 때의 사각거림이 좋다. 부드럽게 흘러갈 때는 전자를, 사각거리는 느낌을 원할 때는 후자의 궁합을 활용한다. 오랫동안 연필을 모으고 해외 학회에 갔다가 짬을 내 들른 문구점에서 그 나라에서 흔히 쓰는 공책을 사 모아 궁합을 맞춰봤더니 내가 원하는 조합을 찾게 되었다. 요즘은 이런 브랜드 제품을 우리나라의 큰 문구점에서도 구매할 수 있으니, 굳이 해외에 나갔을 때 사 올 일은 없지만 어쨌든 내 나름대로 좋아하는 취향을 찾은 것이다. 지금은 스타벅스 캡슐로 커피를 만들어서 두 잔째 마시고 있고, 아이델 헤드폰에서 흘러나오는 아델의 〈Make You Feel My Love〉를 듣고 있다. 아무도 없는 집에서 조용히 서재에 앉아 기계식 자판을 누르며 글을 쓴다. 병원은 그럴싸하게 꾸며놨지만 내 서재엔 특별할 게 하나도 없다. 그래도 이곳에 앉아 있을 때가 제일 좋다. 짙은 갈색 나무 책상과 플라스틱 의자. 책꽂이는 이케아에서 산 오크색 빌리. 책상 뒤로는 빨간색 소파를 놓았다. 16년 전에 큰 마음 먹고 강렬한 색상의 소파를 샀다. 가끔 그 소파에 누워 낮잠을 잔다. 쌀쌀한 바람이 불 때 창을 열어놓고 극세사 이불을 덮고 누워 있으면 천국이 따로 없다. 책상 옆 창밖으로는 청계산 자락이 보인다. 아파트 지붕들, 남부순환도로를 달리는 차들도 보인다. 창에는 내가 1년 동안 해결해야 할 프로젝트가 출력된 종이가 붙어 있다. 종결될 때마다 연필로 사선을 긋는다.

단순하고 별것 없는 삶. 휴일이 되어도 서재에 앉아 책을 읽으며 키보드를 두드리는 것이 내 삶이다. 이때가 가장 편하고 좋다. 좋아하는 노래, 카페인 듬뿍 든 커피, 따뜻한 방바닥. 누구의 시선도 신경쓸 필요 없는 공간. 창밖으로 사람들과 길가의 자동차를 보고 있으면 내가 세상에 살고 있구나, 하는 감각이 느껴진다.

　나라는 사람도 좋아하는 것으로 규정된다. 정체성은 내가 좋아하는 것들이 모여 특정한 방향성을 가질 때 형성된다. 좋아하는 것들을 반복할 때 쌓여가는 감정이 기쁨이다. 다른 사람들이 원하는 것을 내가 원하는 것으로 착각하고 살면 기쁨 목록이 빈약해진다. 좋아하는 게 별로 없다면, 자아는 약해진다. 좋아하는 것이 다양하고 풍성할수록 나라는 사람도 튼튼하게 구성된다.

　기쁨을 훈련해보자. 나를 기분좋게 만드는 것을 생각나는 대로 적어보자. 깊이 생각하지 말고, 떠오르는 대로 다 적어보자.

― 카페 창밖으로 풍경 보기
― 여성 재즈 보컬리스트의 노래 듣기
― 레어치즈 케이크 먹기
― 디저트는 아포가토!
― 연필로 글쓰기
― 일본 소설 읽기
― 노란색 뿔테안경 쓰기
― 두꺼운 나무 책상에 앉아 멍때리기

가능한 많이 적어본다. 그리고 그 옆에다 기쁨 점수를 매긴다. 고민하지 말고, 느낌이 가는 대로 점수를 주면 된다. 그리고 하루 동안 기쁨 점수가 얼마나 모였나, 하고 계산해본다. 기쁨 목록에 있는 활동을 얼마나 실천했는지 그 점수를 모두 합하면 하루의 기쁨 점수가 된다. 오늘은 어제보다 기쁨 점수가 낮았다면, 내일은 조금 더 나를 기쁘게 해주겠다고 마음먹는다. 오늘 우울했다면, 기쁨 점수가 낮아서 그런 것은 아닌지 확인해봐라. 스트레스와 고민에만 집중하지 말고, 기쁨을 실천해보자.

해봐야 알 수 있답니다

자신이 좋아하는 게 뭔지 모르는 사람과의 대화다.

"우울하고 의욕이 없으면 운동을 한번 해보세요."
"날씨가 추워서 못하겠어요."
"그럼 피트니스 센터에 가서 해보세요."
"실내는 공기가 탁하고 답답해서 못하겠어요."
"문화 센터에서 강의라도 들어보는 건요?"
"거기 가면 내가 싫어하는 동네 아줌마들이 모여 있어서 못 가 겠어요."
"그럼 동창들이랑 여행이라도 다녀오세요."

"동창들 모이면 맨날 남들 흉이나 보고…… 그거 듣기 싫어서 안 가요."

"그럼 딸이랑 다녀오시면 어떨까요?"

"자식에게 폐 끼치기 싫어요."

"혼자 여행하는 건요?"

"저는 평생 여행을 혼자 안 다녀봐서……."

아, 난감하다. 자신이 무엇에 기쁨을 느끼는지, 무엇을 할 때 코나투스가 상승하는지, 도통 모르겠다는 것이다.

어쩌면 인생에서 가장 어려운 숙제는 '자신이 진정으로 좋아하는 게 뭔지 알아가는 것'일지도 모르겠다. 이걸 하나하나 알아가려고 우리는 새로운 경험에 뛰어드는 게 아닐까? 낯설고 익숙하지 않고, 불편하고 성가신 체험에 몸을 맡길 때, 비로소 우리는 자기가 원하는 게 무엇인지 알 수 있다. 성냥이 마찰을 일으킬 때 불꽃이 피어오르는 것처럼, 세상과 몸으로 부딪힐 때 '아, 내가 좋아하는 게 바로 이거구나!' 하고 깨닫게 된다.

노랑이 되는 사람, 빨강이 되는 사람

검정 배경에 가장 선명하게 도드라지는 색은 노랑이다. 밤하늘에 빛나는 별도 흰색이 아니라 노랑이어야 한다. 삶이 좌절과 절망으로 가득차 있을 때 희망과 온기를 주는 색이며, 혼란한 세상에서 어디로 가야 할지 몰라 불안할 때 비치는 빛도 노랑이다. 금을 연상시키는 노랑은 예로부터 고귀함과 신성함의 상징이었다.

노랑은 부끄러워하고 수줍어하는 존재의 상징이기도 하다. 이 색은 현실에 막 던져진 겁먹은 존재를 표현한다. 유치원과 스쿨버스가 노란색인 것도 그런 이유다. 눈에 잘 띄어서이기도 하지만, 막 피어나는 생명체에게는 노란색의 상징을 붙여주곤 한다. 마치 봄철의 개나리나, 병아리처럼 말이다. 첫발을 내딛는 이는 어색해하고 두려워하며, 어디로 가야 할지 몰라 혼란에 빠지곤 한다. 하지만 어떻게든 앞으로 나아가야 한다. 확신할 수 없는 희망을 향해 내던져져야 하는 존재에게 입혀진 색깔이 바로 노랑이다.

노랑은 그래서 모순의 색이다. 빛과 온기, 희망과 고귀함의 상징이지만 약하고 겁먹고 흔들리는 존재를 상징하니까. 1774년 「젊은 베르테르의 슬픔」이 발표된 뒤, 주인공을 따라 자살한 수많은 젊은이들이 노란색 조끼를 입고 있었다는데 이것 또한 노랑의 모순적 상징성이 아닐까.

한 고등학생을 1년 넘게 상담했다. 그 학생과의 만남은 정신적 일식을 경험하는 것 같았다. 달이 태양을 가릴 만큼 지구 근처로 가까이 다가와도 그 강렬한 빛을 절대 다 막지 못하고 본영本影이 새어나오는 것처럼, 마음의 고통이 아무리 막아서려 해도 그의 내면에서 뻗어나오는 독창적인 강렬함은 '이전에 없었고, 앞으로 그 누구도 흉내낼 수 없는 무엇인가를 창조해낼 게 분명'하다는 느낌을 들게 했다. 빈약한 나의 언어로는 다 묘사할 수 없는 독특함이 언젠가 예술로 승화될 것이라는 인상을 강하게 받았다.

그 학생의 어머니가 내게 이런 말을 한 적이 있다.

"다섯 살 무렵 아들에게 꿈이 뭐냐고 물었는데 아들은 '나는 커서 빨강이 될 거예요'라고 하더군요. 아들아이가 초롱한 눈빛으로

'빨강이 되면 소방관도 될 수 있고, 장미꽃도 될 수 있고, 피도 될 수 있고, 불도 될 수 있으니까요. 저는 빨강이 될 거예요'라고 말했어요."

고등학생이 되어 만난 그 학생은 아티스트가 될 거라고 나에게 말했다. 미술도 잘하고, 음악도 잘하고, 감각적이던 그 학생이라면 장르에 구애되지 않는 아티스트가 될 거라는 확신이 들었다. 그래, 빨강이 될 수 있다면 세상에 못 이룰 일이 어디 있으랴. 빨강은 열정과 에너지, 세상을 움직이는 힘의 상징이 아니던가. 의사, 변호사가 아니라 빨강이 되고 싶어했던 그 학생은 지금 미국 동부의 대학에서 미술을 전공하고 있다.

나는 어떤 색이 되고 싶을까? 그러고 보면 어린 시절부터 나는 꾸준히 파란색을 좋아했다. 셔츠도 파란색, 외투도 파란색이 제일 많다. 심지어 바지도 짙은 청색만 잔뜩 사들였다. 그런데 이제는 흰색 셔츠만 입고 다니고, 바지는 짙은 회색만 산다. 어느새 나의 색깔이 변해버렸구나. 서글프지만, 색깔이 변하듯 나도 변했다.

이제라도 나에게 다시 묻고 싶어졌다. '나의 색깔은 무엇인가?' 자본주의가 생산한 브랜드의 상징색에 속지 않고, 정치인들이 던져대는 선동의 색깔에 끌려가는 게 아니라 나의 내면에서 발산해내고 싶은 색깔은 무엇인가, 하고 말이다.

요즘은 밝은 샛노랑이 좋다. 아, 마흔을 훌쩍 넘겼는데 나는 아직도 새내기 같은 마음을 품고 있다는 뜻인가? 그렇지 않으면 지금도 여전히 빛을 찾아 헤매고 있다는 건가?

과거는 이야기되어야 한다

1

"정신과 의사들은 왜 자꾸 과거를 캐묻는지 모르겠어요. 불안
과 불면으로 정신과에서 진료 받은 적이 있는데, 의사가 과거의 고
통이나 트라우마를 자꾸 이야기하라는 거예요. 도대체 그게 무슨
상관인지……. 그런데도 자꾸 캐물어서 그다음에는 가지 않게 되
었어요."

그러게. 과거가 뭘까. 과거를 말한다고 지금의 문제가 해결되는
것도 아닌데 왜 자꾸 과거를 들춰내려고 할까. 지나간 시간을 되돌
려 본들, 현재가 바뀔 리 없고 미래가 장밋빛이 된다는 보장도 없
는데 굳이 아버지를 말하고, 어머니를 말하고, 마음의 상처를 드

러내라고 한다. "내 과거에는 별 이야기가 없다"라고 하면 정신과 의사들은 환자가 '방어기제'를 보이고 있다며 '고상하게' 해석한다. 사실 과거를 털어놓는 것이 마음의 병을 치료하는 데 효과적이라는 증거는 없다. 하지만, 그럼에도 불구하고, 과거에 대한 이야기는 중요하다.

이미 일어난 일을 바꿀 수는 없다. 지난 과거는 그저 과거일 뿐이다. 다만 우리는, 과거를 다르게 이해하고 그것에 대해 새로운 감정을 느낄 수는 있다. 과거 그 자체와, 과거에 대한 현재의 해석은 별개다. 과거 사건에 대한 태도가 사건 그 자체보다 중요하다. 과거는 심리적으로 재편될 수 있다. 비록 변할 수 없는 과거지만, 의미 있는 방식으로 재해석할 수 있다. 그렇게 하면 과거가 나를 지배하는 것이 아니라, 내가 과거를 지배할 수 있다. 그래서 과거 그 자체가 아니라 '어떻게 과거를 해석하느냐'가 중요하다는 말이다. 과거는 단순히 존재하는 것이 아니라 창조된다. 기억의 파편들과 현재의 경험으로 재구성된다. 현재와 미래를 추동하기 위해 과거가 새롭게 이야기될 때, 삶의 의지도 끓어오르는 법이다.

2

"인간에게 후회란 뭘까요?"

후회? 나도 후회에 종종 빠진다. 의대에 간 것을 후회했고 (지금도 의대에 가지 않았으면 어땠을까 하고 공상에 빠지곤 한다) 정신과 말고 다른 전공을 선택했으면 지금 어떤 삶을 살고 있을까 상상한다. 학위를 할 때 지도 교수가 꼭 그 사람이어야 했을까, 하며 진한 아쉬움을 느낀다. 누군가를 만나고 인연을 만들기도 했지만 그 사람이 아니라 다른 이였다면 내 삶은 어떻게 달라졌을까, 하고 존재하지 않는 미래를 그려보기도 한다. 그때로 돌아간다면 나는 다른 선택을 할까? 그럴 리 없다.

내 선택에 후회와 아쉬움이 어느 정도 있는 건 사실이지만, 어쨌든 나의 선택이니 매 순간 최선을 다했고 그 결과로 지금의 내가 있다. 타임머신을 타고 과거로 돌아가서 다시 살아보라고 해도, 지금까지보다 더 낫게 살 자신은 없다. 지금껏 살아온 삶이 영원히 반복된다고 하더라도 (비록 또다시 고통 속에 빠져들겠지만) 매 순간 최선을 다할 거다. 과거를 돌아보면 아쉬움이 있지만 그 시간을 관통하여 지금에 이른 내가 나는 자랑스럽다.

다시는 떠올리고 싶지 않고, 누구에게도 말하고 싶지 않은 고난을 겪으면 어떻게든 그것을 가슴에 꽁꽁 숨겨두려고 한다(그렇지 않은 사람도 물론 있겠지만). 그것을 마음에 품고도 친구를 사귀고, 사랑에 빠지고, 취직해서 일을 하고, 결혼해서 아이를 낳아 키우며 아무렇지 않게 살 수 있다. 하지만 불현듯 가슴이 휑해질 때,

마음의 갈라진 틈으로 과거가 불쑥 솟아오를 때가 반드시 찾아온다. 또다른 위기에 맞닥뜨리거나 마흔이 되고 쉰이 되어 인생의 반환점을 돌 때 묻어두었던 과거는 지진처럼 요동친다. 자신의 삶이 정처 없이 떠돌다 원치 않는 곳에 이르렀다 여길수록 지난 상처는 더 크게 솟구친다. 아픈 기억이 너무 크고 무거우면 물속으로 가라앉는 배처럼 삶은 멈춰버린다.

3

과거의 기억은 몸밖으로 나와 이야기되어야 한다. 그리고 다시 내 것으로 끌어안을 수 있어야 한다. 고통스러운 과거는 말을 통해 세상으로 나가 새로운 이야기가 되고, 그것이 내 몸으로 되돌아와 나의 일부가 된다. 이렇게 되었을 때 과거가 나의 발목을 잡지 않고, 현재에 더 충실할 수 있으며, 미래를 향해 과감히 한 발 더 내딛을 수 있다. 은밀한 과거가 특별한 역사로 승화될 때 자신의 진정한 가치가 비로소 발견되기도 한다. 그래서 우리에게는 과거를 다시 이야기하는 정신 치료가 필요한 것인지도 모르겠다.

내 과거를 나만은 안다고 생각했는데 그것은 거짓말 같다. 현재를 모르는 내가 과거를 알 리 없다. 원인이 있기에 결과가 있다고 생각했지만 그것도 잘못인 것 같다. 결과가 일어나지 않고 원인이 어디에 있으랴. 중력이 있기 때문에 천체가 운행하고 사과가 떨어진다고만 생각했는데 이는 반대였다. 영국의 시골에서 사과가 떨어진 뒤에 만유인력이 생겨난 것이다.

_『도토리』, 데라다 도라히코, 강정원 옮김, 민음사

진정한 자기를 알려주는 메시지

감정은 생존에 도움이 되는 적응적 감정과 비적응적인 감정으로 나뉜다. 적응적 감정이란 현재에도, 과거에도 개인의 생존에 도움이 되는 것이다. 비적응적인 감정은 생명력을 유지하는 데 해가 되는 것이다. 과거에는 도움이 되었을 수도 있지만, 현재 시점에서는 타인과 세상에 적응하는 데 효과적이지 않은 감정이다.

1차 감정과 2차 감정으로 나눌 수도 있다. 1차 감정은 외부 자극에 대한 적응적인 정서 반응이다. 외로우면 친밀한 행동을 하게 만들고, 경계를 침범당하면 분노를 느끼고, 상실하면 슬픔을 느끼는 것처럼 자연스럽고 적응적인 감정을 일컫는다. 인지적 개입 없이 개체에게 자동적으로 가장 적응적인 행동을 하도록 하는 의도가 1차 감정에는 담겨 있다.

2차 감정은 1차 감정 이후에 정서 도식(정서의 의미를 처리할 때, 자동적으로 작동하는 내적 모형. 기억, 경험, 이미지, 감각 등이 통합적으로 모여 구성된다)이 작용해 파생된 것이다. 감정에 대한 평가나 감정과의 관계가 뒤틀리면서 생긴다. 고유한 1차 감정을 그대로 받아들이지 못하고, 평가하고, 그러한 감정을 느끼는 자신을 비난함으로써 왜곡될 때 나타나는 정서가 2차 감정이다.

2차 감정에는 과거 경험이 녹아 있다. 정서와 관계된 기억이 감정 반응에 영향을 끼친다. 화를 내는 건 나쁜 일이라고 배워온 사람은, 자기를 지키기 위해 정당하게 화를 내야 하는 상황에서도 감정을 과도하게 억누르고 욕구를 뒤로 미룬다. 누군가에게 의존하면 안 된다는 경험을 쌓아온 사람은, 외로움을 느낄 때마다 나쁜 느낌이 들고, 외로움을 달래기 위한 친밀 행동을 회피한다. 그러다 더 외로워진다.

2차 감정 뒤에 가려진 1차 감정을 확인하고, 그 속에 담긴 메시지와 욕구를 충족시켜야 감정은 완결된다. 감정에는 항상 욕구가 숨겨져 있다. 원하는 것에 대한 정보가 감정에 담겨 있다. 정서가 알려주는 욕망을 아는 것이 중요하다. 감정은 이해 가능한 메시지와 건설적인 행동을 통해 완결된다. 자각과 이해에서 출발하여, 감정을 언어적으로 상징화하고, 그것이 소통 가능한 형태로 타인과 세상을 향해 표현되어 원 감정이 의도했던 바가 충족되어야 감정은 비로소 '완결'된다.

내가 어떤지, 내가 어떤 감정인지, 그 감정 속에는 어떤 욕구가 숨겨져 있는지는 모두 느낌과 경험을 통해 알 수 있다. 느낌을 제대로 인식하고, 언어적으로 상징화할 수 있으면 나라는 사람에 대한 감각이 단단해진다. 내가 원하는 것이 무엇인지 잘 안다는 느낌은 '나는 누구인가'라는 정체성을 확립하는 데 필수다.

치료는 좋은 사람을 만들기 위함이 아니다

'클럽'이라 하면 나는 발리 스미냑 해변가의 '쿠데타'가 눈앞에
그려진다. 그때 나는 스미냑 해변의 진주는 클럽 쿠데타라고 생각
했을 정도였다. 바다와 날씨, 음식과 풍광도 좋지만 쿠데타가 있어
서 그 모든 것들을 더 아름답게 느낄 수 있다고 여겼다. 긴 휴가를
얻는다면 스미냑에 작은 숙소를 얻고 해질녘마다 쿠데타에 가 지
는 해를 보겠노라 했다.

발리 스미냑의 쿠데타. 지는 해를 바라보며, 맥주를 마셨다. 내가
시한부 인생을 살게 된다면, 꼭 다시 한번 더 와야 한다고 생각했
다. 시끄러운 음악과 고요한 바다, 서양식 음식과 바다 내음, 노을

지는 바다와 푹신한 쿠션. 어울릴 것 같지 않은 것이 조화를 이룬 곳이 쿠데타라고 느껴졌다. 모순 덩어리인 삶이 조화로울 수 있다면, 바로 이곳이 그런 곳의 표상일 거라고 여겨졌다.

_졸저 『당신이라는 안정제』, 달

페르소나와 그림자가 현실의 공간에 함께 투영된 곳 같았다. 바다를 등지고 보면 흥미로운 비트가 공간을 찌르고 감정도 고조된다. 몸을 흔드는 사람, 술을 마시는 사람, 큰 소리로 대화하는 사람들이 있다. 먹고, 마시고, 흔들고, 흥겨움을 넘어 흥분이 가득찬 공간이 클럽 쿠데타다. 하지만 디제이를 등지고 바다를 보면, 또다른 세상이 펼쳐진다. 해가 질 무렵에는 황홀을 느꼈다. 들썩이게 만드는 소리는 잠잠해지고, 바다 멀리 지는 해를 보며 평정심을 되찾았다. 평화, 안도, 위안을 느꼈다.

우리는 누구나 양면성을 갖는다. 우세한 성격이나 특질에는 반드시 열등성이 따라붙는다. 명석하고 예리한 사람은 어리석고 둔한 그림자가 그 사람의 무의식에 자리잡는다. 신중하고 관대한 사람은 경망스럽고 약삭빠른 그림자가 그의 이면에 있다. 누구나 자신의 열등한 측면들을 그림자 안으로 밀어넣는다. 그 속에 욱여넣어진 자신의 일부를 의식적으로 혹은 무의식적으로 아예 없는 것처럼 행동하지만 억눌렀던 약점과 결점, 열등성과 콤플렉스, 충동과 감정은 사라지지 않는다.

그림자를 억누르고 마치 그것은 내 것이 아닌 것처럼 행동하며 완전무결한 사람인 것처럼 살면, 언젠가 그림자에 잡아먹힌다. 마음을 긁어대는 신경증으로 나타나기도 하고, 그림자에 잠식되어 삶의 기운을 잃어버리기도 한다. 그림자를 의식화하지 않으면 사나운 동물로 변해 꿈과 환상이 되어 의식에 침투해 들어온다. 자기 그림자를 무시하면 결국 진정한 자기가 되지 못한다. 전체성을 얻지 못한 채 반쪽짜리 삶을 살고 만다.

문득 자신에게서 그림자가 엿보이면 흠칫 놀라며 "난 안 그래. 저 사람이 나쁜 거야"라며 타인에게 자기 그림자를 투사한다. 자기 약점을 받아들이지 않고 방어하고 합리화에만 몰두하게 된다. 어두운 구석은 하나도 없는 척하고, 타인에게 투사하면 그림자의 힘은 점점 더 강해진다. 타인과 세상에 투사하는 그림자를 인식하고 전부 나의 일부로 거두어들여야 한다.

치료는 좋은 사람을 만들기 위함이 아니다. 어둠 없이 밝음만 가질 수 없다. 완전무결해지기 위해 치료받는 것이 아니다. 자기 안의 그림자를 발견하고, 의식화하고, 그것이 품고 있는 에너지를 힘으로 활용할 수 있도록 도와주는 것이 제대로 된 치료다.

심리 치료도 디자인이다

이루어질 가능성은 거의 없지만, 가슴속에 품고 있는 꿈 중 하나는 안경 디자이너다. 내 나름의 기준에서 멋진 디자인의 안경을 보면 미쳐버린다. 해외여행을 가면 꼭 사 오는 것도 안경이다.

이탈리아 볼로냐에서 며칠을 머물며 골목골목을 산책하다 우연히 안경점 쇼윈도에 놓인, 검정색 얇은 아세테이트로 미끈하게 둘러진 둥근 테와 은색의 철제 브리지로 구성된 인상적인 안경을 발견하고 구매한 적이 있다. 아, 그런데 먼 이탈리아까지 날아가 사 온 그 안경의 다리에 찍힌 원산지는 일본. 일본 여행중에 들른 안경점 점원이 해준 이야기였는데, 일본에는 오래전부터 안경을 만드는 장인들이 모여 사는 시골 마을이 있다고 했다. '나도 조기 은퇴

하고 그곳에 살면서 안경 만드는 기술을 사사 받아볼까' 하는 말도 안 되는 상상을 한 적이 있다.

프랑스 남부를 여행하다가는 그 지역에서 생산된 위아래로 조금 길게 늘어진 원형의 갈색 뿔테안경을 발견하고 '르 코르뷔지에가 썼던 것과 비슷한 디자인이잖아!'라며 바로 카드를 긁었다. 그런데 돌아와서 써보니 나에게 어울리지도 않고 너무 튀어서 밖에서 쓰고 다닐 용기가 나지 않았다. 지금은 그 안경테에 돋보기 렌즈를 맞춰서 독서용으로 쓰고 있다.

선선한 바람이 불던 어느 저녁 한갓진 서래마을을 산책하다가 들른 안경점에서 발견한 금색과 은색의 조화가 아름다웠던 안경테는, 그 자리에서 비상금을 탈탈 털어 사고 봤더니 프랑스제 안네발렌틴이었다. 서래마을에서 프랑스제 안경을 만난 것도 운명(?)이라 여기고 지금도 즐겨 쓰고 있다.

초등학교 6학년 때부터니까, 내 안경의 역사는 30년이 훨씬 넘었다. 칠판의 글씨가 잘 보이지 않는다고 했더니, 일하시는 엄마 대신 이모 손에 이끌려 안경점에 갔다. 근시 판정을 받았을 때 나는 엉뚱하게도 신이 났다. '똑똑하고 공부 잘하는 사람들은 다 안경을 쓰니까, 나도 안경을 쓰면 공부를 더 잘할 수 있겠구나!' 철없는 생각이지만, 그때는 그랬다.

안경을 끊임없이 사들이는 건, 어린 시절의 이런 환상이 아직도 이어지고 있기 때문이다. 안경은 내 지적 욕구의 투영이기도 하고, 어쩌면 내가 아는 나는 그리 이지적이지 못하다는 열등감을 안경이라는 오브제로 보상받으려는 것일 수도 있다. 무엇이 더 정확한 해석이냐 하는 건 그리 중요치 않다. 지적인 이미지를 풍길 수 있는 안경을 쓴다고 나라는 사람의 본질이 그렇게 바뀌지는 않겠지만, 그래도 그런 안경을 쓰고 있으면 '내가 지향하는 삶의 방향은 바로 이쪽이야' 하고 체감케 해주니 그걸로 만족한다. 아름다운 디자인은 가슴속 깊이 품고 있는 이상을 잃어버리지 않도록 해준다. 내가 원하는 아름다움을 구현한 물체를 몸에 지니고, 그것이 전달하는 물성을 매 순간 느낄 수 있다는 것이 나는 좋다.

아름다운 디자인은 우리가 바라는 또다른 모습일 것이다. 아름답지 않다고 느끼는 디자인은 그것이 시각적으로 못나서가 아니라, 이상적인 나의 존재 감각과 충돌하기 때문일 테고.

작품의 '정취'는 관람자의 감정을 깊고 깨끗하게 해준다. 어쨌든 이러한 작품들은 영혼이 거칠어지는 것을 막아주며, 마치 소리굽쇠로 악기의 현을 조율하듯 영혼의 음조를 맞추어준다.

_『예술에서의 정신적인 것에 대하여』, 바실리 칸딘스키, 권영필 옮김, 열화당

이건 미술 작품에만 해당하는 이야기가 아니다. 안경, 의자, 데스크 램프, 펜, 머그잔, 커피포트, 향수병, 핸드백, 시계…… 그것이 무엇이든 아름답게 디자인된 세상의 모든 사물은 감정을 깨끗하게 해주고 영혼의 음조를 다시 맞춰준다. 물론, 좋은 디자인이어야 가능한 일이다.

아름다운 디자인은 한 사람의 인생을 바꾼다. 그러니 디자이너는 치유자다. 그들이 창조한 작품을 보고 감동받은 사람은 '현실이 아무리 힘들어도' 진정한 자기를 향해 나아갈 힘을 얻는다. 어쩌면 정신과 의사보다 디자이너가 더 실용적인 치유자가 아닐까? 비싼 상담료를 내고도 정신과 의사는 1~2주에 한 번 정도 교감하지만, 자아 이상이 구현된 디자인의 제품은 24시간 365일 곁에 두고 보며 위안을 얻을 수 있으니까.

본질에서 벗어난 거짓 장식에서 구출해내는 것이 디자인의 목표라면, 디자인을 심리 치료라고 해도 될 것 같다. 거짓 자아를 진짜라 믿으며 그것을 좇다가 지쳐버린 이들을 구출해내는 것이 심리치료의 목표니까. 사물에 숨겨진 고유한 아름다움이 발현될 수 있도록 하는 것이 디자인이라면, 심리 치료도 디자인이다. 세상이 강요하는 모습이 아니라 나답게 살아가도록 돕는 것이 심리 치료이니까. 그렇다면 나도 정신과 의사이자, 디자이너라고 해도 되지 않을까?

인생 훈련에 끝은 없다

곧 있으면 내 나이도 쉰이 된다. 믿기지 않는다. 세월이 어떻게 흘렀는지, 어떻게 40대가 되었는지 모르겠다. 젊은 시절을 그리워하는 게 아니다. 20대가 끝났을 때, 아쉬움은 없었다. 레지던트 수련이 빨리 끝났으면 하는 바람만 가득했던 그 시절은 시간 가는 게 아깝지 않았다.

30대는 혼돈의 시간이었다. 인생 항로나 중요한 커리어가 내 바람대로 이루어진 게 없었다. 도대체 그 시절을 어떻게 견뎠는지 지금 돌아보면 마치 남의 일처럼 신기하게 느껴진다. 30대 초반, 전문의 자격증을 받자마자 입대를 했다. 경북 영천에 있는 육군제3사관학교에서 나름 고된 훈련을 받다가 무릎 관절염이 생겼고,

유격 훈련장의 낡은 숙소에서 하룻밤을 자고 났더니 폐렴에 걸려 기침과 가래를 뱉어내야 했다. 몸 쓸 일이 많지 않은 정신과 전공의 시절에 급격히 늘어났던 뱃살이 3개월의 장교 훈련 뒤에 쏙 들어갔다.

군의관이 되어 처음 발령받은 곳은 국군대구병원이었다. 대구에서 경산으로 들어가는 국도변 산중턱에 자리잡은 그 병원에서 6개월 남짓 근무하다가 2003년 늦가을에 이라크 파병 통지서를 받았다. 대한민국 경상북도에서 적응장애나 우울증에 걸린 병사들을 치료하다가 갑자기 중동으로 가라는 국방부 장관의 직인이 찍힌 명령장을 받았을 때, 충격보다 황당한 느낌이 앞섰다. 넘쳐나는 정신과 군의관 중에서 왜 하필이면 내가 이라크에게 가야 하느냐고 상급자에게 따져 물었더니 "어쩔 수 있냐, 가라면 가야지" 하는 답이 돌아왔다. 국방부 인사 담당자에게 전화를 걸어서 "몇 달 있으면 딸이 태어나는데, 이라크에 나를 끌고 가면 아내와 아이는 어떡하냐"고 통사정을 했지만 돌아오는 대답은 역시 "어쩔 수 있냐, 가라면 가야지".

2003년 겨울과 2004년 봄까지 경기도 광주의 특전사 훈련소에서 3개월 정도 파병을 위한 훈련을 받았다. 하얀 눈이 떨어지던 어느 저녁, 연병장 한 면을 차지한 시멘트 계단에 앉아 하늘을 보며 생각했다. '이 지긋한 훈련은 언제쯤 끝날까?'

성남에 있는 서울공항에서 대한항공 전세기를 타고 쿠웨이트에 있는 이름 모를 미군기지에 도착했다. 그리고 또 훈련을 받았다. 이라크 주둔지에 들어가기 전에 주의 사항과 예측할 수 없는 교전이 생겼을 때 어떻게 해야 하는지 훈련을 받고 이라크 남부 나시리야에 있는 탈릴 공군기지에서 3개월을 근무했다. 가끔 들리는 총성과 포성에도 그리 놀라지 않게 되었을 무렵, 우리나라 부대는 이라크 북부의 아르빌로 주둔지를 옮기게 되었다. 사단 하나가 새로운 지역으로 이동하는 큰 규모의 작전이라 쿠웨이트에 있는 미군기지로 이동해서 또 훈련을 받았다. 사막 한가운데서 사격 훈련을 다시 받고, 부상자가 생기면 어떻게 처치해야 하는지, 교전이 발생하면 앰뷸런스와 차량들은 어떤 대형으로 모여야 하는지…… 황량한 사막 위에 세워진 앰뷸런스 안에서 나는 생각했다. '도대체 이 지긋한 훈련이 언제쯤 끝날까?'

제대를 하고 전공의 수련을 받았던 병원으로 돌아와 전임의 수련을 받고, 박사 학위를 받는 동안 30대는 다 흘러가버렸다. 훈련, 훈련, 훈련들을 통과하면서 그렇게 시간은 흘렀다. 돌아보면 그때의 삶은 특정한 목적지에 닿기 위해 자진해서 떠나는 여행이 아니었다. 아무런 설명도 없이 떠나라며 던져지는 모험이었다.

마흔을 훌쩍 넘긴 지금은 훈련이 끝났느냐 하면, 그렇지 않다. 내일모레가 쉰이라는 사람이 아직도 여물지 않았느냐, 라며 한심하게 여겨도 어쩔 수 없다. 지금도 여전히, 매일매일, 훈련에 훈련을 거듭하고 있다. 길고 짧거나, 크거나 작은 수련과 훈련을 거치면서 정체성은 깎여나갔고 나란 사람도 달라졌다. 보고, 듣고, 느끼면서 매일매일 나를 다듬고 있다. 노력이 보상받지 못하거나 타인의 오해를 사거나, 어설픈 말에 속아 넘어가거나, 피할 수 없는 고통을 겪으며 지금도 여전히 훈련중이다. 누군가 억지로 나를 가르치는 것이 아니라, 몸에 스며들 듯 직접 겪으며 배운다는 것이 다를 뿐.

빨리 지나갔으면 했던 20대, 뭐가 뭔지 모른 채 흘러갔던 30대, 그리고 40대가 되었지만 여전히 인생 훈련을 끝내지 못했다. 앞으로도 계속 훈련하듯 살 것 같다.

지금 여기를 벗어나 나를 찾기

1년에 한두 번씩 해외에서 짧은 휴가를 보내는데 20~30대 때는 쇼핑가를 헤집고 다니며 시간을 다 써버렸고 40대를 넘기면서부터는 자연 속에서 트레킹하는 시간이 늘었다. 아이슬란드를 다시 여행하고 싶은데 그 이유도 란드만날라우가르에서 출발하는 4박 5일짜리 트레킹을 처음부터 끝까지 해보고 싶어서다. 하루 일정의 트레킹을 했었는데 그 짧은 시간 동안 상상해보지 못했던 다채로운 자연을 감상할 수 있었다. 녹색 이끼와 기묘한 돌들 사이를 걸어들어가 유황 연기가 나오는 둔덕을 지나면, 주황색과 회색빛이 오묘한 비율로 섞여 있는 돌산들을 옆에 끼고 걷게 된다. 눈과 얼음이 덮인 둥글둥글한 산들이 어깨동무하고 모여 있고, 그

사이 길을 뚫고 걸으면 길고 넓은 빙하가 나타난다. 하나의 트레킹 코스에 로맨스, 액션, 멜로, 다큐멘터리 영화가 합쳐져 있었다. 등산화에 바닥의 돌이 이러저리 튀고 펼쳐진 녹초 위를 붕붕 떠다니듯 걷다가 갑자기 쏟아지는 비가 흙길을 사라지게 만들고 물속을 첨벙첨벙 걸었다. 그렇게 란드만날라우가르의 자연 속에 있다가 한낮 같은 저녁이 되어서야 캠핑장으로 돌아왔다. 누가 보든 말든 주차해둔 차 뒤로 숨어들어가 등산복을 벗고 수영복을 입었다. 그리고 노천 온천으로 뛰어들었다. 연못 같은 둥근 물속에는 영국 고등학생들이 모여 앉아 시시껄렁한 농담을 주고받고 있었고, 온천이 바로 흘러드는 뜨거운 물 앞에는 말없는 서양인 남녀가 허공을 쳐다보며 앉아 있었다. 그리 앉아 있으니 이참에 비까지 쏟아졌으면 하고 바라게 되었다. 파란 하늘을 보며 비를 맞고 싶어졌다. 이런 상상을 하다보니 어린 시절 외갓집 툇마루에 앉아 처마 밑으로 떨어지는 빗방울이 보이는 듯했다. 비만 오면 유치원에 가기 싫다며 옷도 갈아입지 않으려고 떼를 쓰던 어린 시절이 떠오르고, 학창 시절 시험을 망치고 일부러 비를 맞으며 걷던 모습도 회상했다. 다니기 싫던 피아노 학원을 빠진 뒤에 놀이터에서 몰래 놀다가 비를 맞고 나서 거짓말했던 게 들통났던 일화도 생각났다. 일요일 오후 늦게 비가 내리면 괜히 우울해졌던 사춘기 시절의 그 감정도 느껴졌다.

이렇게 멀리 떠나와서 과거의 나를 떠올려보게 되니 울퉁불퉁했던 여러 가지 모양의 자아에게 조금 더 다정해질 수 있었다. 비행기를 두 번 갈아타고 12시간을 날아와서 포장도로를 타고 3시간, 오프로드를 2시간 가까이 달려 찾아온 이곳에서 내가 떠나온 곳과 의식 아래에 가라앉아 있던 과거의 나를 다시 길어올리다니. 역시 인간이란 존재는 아이러니투성이구나! 떠나고 나서야 떠나온 곳을 그리워하고, 떠나고 나서야 내가 누구인지를 보게 되는구나. 뿌리를 뽑아 들고 멀리 날아와서야 나를 만든 뿌리를 좇아 마음으로 파고들고 있다니.

마음을 바꾸기보다 나를 둘러싼 공간을 바꾸는 게 훨씬 효과적인 심리 치료라고 나는 믿고 있다. 심리 치료를 폄훼하려는 게 아니다. 우리 마음은 원래 잘 바뀌지 않게 구성되어 있다. 레고 블록처럼 쉽게 분해했다가 새로 쌓을 수 없다. 나란 사람을 재조립하는 데에는 시간도 오래 걸리고 설계도도 없다. 무엇보다 도대체 완성본이 어떤 모습인지 정확히 알기도 어렵다.

하지만 내가 보는 것, 내가 듣는 것, 내가 만지는 것, 내가 맡는 향기를 바꿔보면 그것에 감응해서 나란 사람도 변한다. 억지로 바꾸려고 하지 않아도 화선지가 물에 젖듯 서서히 변한다. 이런 변화가 진짜다. 의도하고, 계획하고, 억지로 꾸미기보다 의식하지 않은 채 자연스러운 흐름을 따르며 공명하듯 변하는 것이 진짜다. 그래서 우리는 갑갑한 이코노미 좌석을 견디며 비행기를 타고, 눈을 밝혀주는 새로운 광경을 찾아 졸음을 이겨가며 장거리 운전도 마다하지 않는 것일지도 모르겠다. 나를 찾기 위해서, 나를 바꾸기 위해서.

우리가 아름다울 수 있는 이유

정기적으로 연재하는 칼럼도 있고, 계약만 하고 제대로 시작도 못한 작업도 있다. 초고만 던져놓고 끝내지 못한 원고도 있다. '도대체 무슨 깡으로 이런 일들을 벌였을까!' 나를 탓한다. 난삽한 활자들을 종이 위에 쏟아놓고 나면 '부질없는 짓을 한 건 아닐까?' 하는 생각도 한다. 전문 작가도 아닌데, 잘 팔리지도 않는 책을 매년 꾸역꾸역 낸 것도 뭔가 '잘못한 일' 같아 괴롭다. 글을 쓰는 나의 진정한 동기에 대해 스스로에게 묻게 된다. 도대체 무엇 때문에 쓰는 것이냐고.

어느 팟캐스트에 출연했을 때 이렇게 말했다.

"책을 내는 게 취미 생활입니다."

대학에 들어가 처음으로 워드프로세서라는 걸 샀을 때, 밤을 새워 자판을 두드리며 즐거워했다. 종이에 글자가 빼곡하게 채워졌을 때의 뿌듯함이 좋았다. 생각은 말이 아니라 활자로 표현되어야 진짜라고 믿어왔다. 주변의 동료 의사들을 봐도 말로만 '나 잘났다'고 떠드는 이가 있는가 하면, 논문과 책으로 자기 생각을 표현하는 이가 있다. 나는 언제나 후자를 좋아했고, 그런 사람이 되고 싶었다. 한동안 논문을 열심히 썼고, 언젠가부터 대중적인 글을 쓰는 게 더 큰 기쁨을 준다는 것을 깨달았고 그후로 매년 한두 권씩 책을 냈다. 이때부터 (과정은 괴로웠지만) 책 내는 게 취미가 됐다.

또다른 이유는 책을 내지 않으면 내가 나를 싫어하게 될 것 같아서였다. 정신과 전공의 시절에 자기 손으로 논문은 쓰지 않고 칼처럼 입만 휘두르는 교수를 보면서 나는 저렇게 하지 말아야지 다짐했다. 심리 상담을 오래하면서 깨닫게 된 것인데, 젊을 때부터 입으로만 먹고살던 사람일수록 나이가 들면 꼬장꼬장해지고 자기만 옳다고 바득바득 날을 세우게 되는 것 같았다. 그렇게 되고 싶지 않았다. 하지만 나 역시 하루종일 책상에 앉아 사람들의 이야기를 듣고 '말을 해서' 생활비를 번다. 강의하고 가끔 라디오나 티브이에서 '말을 하고' 출연료를 번다. 모두 다 말로 하는 거다. 공부하고 연구도 하지만, 어쨌든 말을 통하지 않고는 일이 완결되지 않는다. 몸을 쓰고 물성이 있는 걸 만들어야겠다고 다짐했다. 그런 일 중 하나가 손가락으로 원고를 타이핑하고 책을 내는 것이었다. 이렇게라도 하면 '입으로만 먹고산다'는 자괴감에서 조금은 벗어날 것 같았다. 그런데 내 마음 저 깊은 곳에는, 고역인데도 꾸역꾸역 글을 쓰는 진짜 이유가 따로 있는 것 같다.

첫 책을 쓸 때는 이런 생각을 했다. '아무리 아름답다고 우겨도, 죽음으로 끝나고 마니 어쨌든 허무한 게 인생이다. 실존적 한계를 극복하는 길은 글을 남기는 것밖에 없다.' 언젠가 죽더라도 딸이 내 생각을 글로 읽을 수 있다면 좋겠다는 바람도 있었다. 나는 사라지더라도, 사라지지 않을 무언가를 남기고 싶었다. 졸작이지만 책을 계속 내는 건 '사라지고 싶지 않다는 열망' 때문이었다. 다른 것은 다 사라지더라도, 사라지지 않을 내 것을 만들고 싶었다.

라디오 프로그램 〈강서은의 밤을 잊은 그대에게〉에서 주말마다 청취자 사연에 답을 하고, 내 나름의 음악 처방을 한 적이 있다. 그 프로그램 피디가 했던 말이 지금도 잊히지 않는다.
내가 피디에게 물었다.
"왜 라디오를 좋아하세요?"

그녀는 이렇게 답했다.

"라디오의 사라짐을 사랑해요."

활자는 사라지지 않고 남아서 힘들다고 했다. 볼썽사나운 문장이나 후회할 말들이 글자로 영원히 남겨지는 건 괴로운 일이라고.

"하지만 라디오는 사라지잖아요. 그래서 아름다울 수 있는 것 같아요."

그래, 사라질 수 있어서 아름다운 것이다. 사라지기 때문에 아름다울 수 있는 것이다.

『여름은 오래 그곳에 남아』에서 읽었던 문장이 문득 떠올라, 오랜만에 이 책을 다시 펼쳤다. 책의 중간쯤에서 찾은 이 문장.

만일에 도쿄 전체가 전부 불타버리는 대지진이 일어났을 때 내 집만 타지 않고 무너지지 않는 건 좀 생각해볼 문제인 것 같아. (······) 불탄 들판에, 외롭게 자기 집만 남아 있는 광경을 상상해봐. 주위 사람들은 많이 죽었어. 이쪽은 인명은 물론 가재도구도 전부 무사해. 이건 말이야, 견디기 어려운 광경이야.

_「여름은 오래 그곳에 남아」, 마쓰이에 마사시, 김춘미 옮김, 비채

시간이 흐르고, 뜻하지 않은 일이 생기고, 시대가 바뀌었는데도

꼿꼿이 남아 있는 게 정말 좋은 걸까? 사라지기 때문에 아름다울 수 있다는 걸 잊은 채, 추한 것이라도 내 것만 오래오래 남겨두려는 욕심 때문에 괴로워했던 게 아닐까? 세상 만물은 망가지고, 허물어지고, 내려앉고, 끝내 사라지고 나서야 비로소 아름답게 기억될 수 있는 게 아닐까?

나라는 사람의 완성

여러 번 반복해서 읽은 책을 꼽으라고 하면 우선 『도덕경』. 오강남 교수께서 해제한 현암사에서 출간한 『도덕경』을 여러 번 읽었다. 이 책을 처음 읽기 시작한 때는 정신과 전공의 시절이다. 병원에 출근해서 아침 컨퍼런스를 시작하기 전에 한 쪽, 두 쪽씩 읽었고 그 이후에도 시간 날 때마다 틈틈이 봤다. 군의관 시절엔 여유가 있어서 처음부터 끝까지 필사했다.

이 책을 읽기 시작한 계기는 '융' 때문이다. 융의 분석심리학을 공부하면 『태을금화종지』나 『도덕경』에 대한 언급을 자주 접한다. 그러다보면 자연스럽게 찾게 된다. 『도덕경』을 반복해서 읽다보면 융의 분석심리학도 『도덕경』의 변주에 불과하다는, 혹은 『도덕경』

의 핵심에서 벗어날 수 없다는 생각에 이른다. 『도덕경』을 성경이나 불경처럼 곁에 끼고 읽으면 삶과 인생, 그리고 인간의 본질에 조금 더 다가가기 위한 길(그런 것이 정말로 있다면)이 어렴풋하게 보인다. 비록 그게 내 착각이더라도 마치 그 길에 닿을 것은 느낌이 든다. 마음의 혼란이 걷히고 정돈된다.

융이 말하는 '자기self'와 『도덕경』의 '도道'는 같다. 같은 의미를 품고, 유사한 개념이라고 할 수 있어도 '같다'라고 단언할 수는 없는 것 아니냐고 할 수 있지만 내가 보기에는 같다. 『도덕경』의 '도'에서 (비록 융은 그렇지 않다고 하지만) 융이 말한 자기라는 개념이 비롯되었다.

융의 '자기'는 우리가 쉽게 표현하는 '나'를 일컫는 것이 아니다. 자기란, 개인이 성숙해가는 최종 지향점, 통합의 완성체다. 진정한 자기 자신이 되어가는 개성화Individualization는 곧, 자기실현Self Actualization이다. 자기실현은 자아가 그림자를 인식하고, 아니마와 아니무스를 통합하고, 심층 무의식에 존재하는 집단적 무의식도 나의 일부로 의식화해가면서 전체성을 획득하는 것이다. 내 안에 있는 어둠과 밝음, 선과 악, 강점과 약점을 모두 품어 안고 어느 것도 부정하거나 배제하지 않고 그것 모두를 통해 내가 완성된다.

『도덕경』에서 말하는 '도'도 이와 다르지 않다. 오히려 융의 '자기'보다 더 큰 개념이다. 좋다 나쁘다, 크다 작다, 높다 낮다 등의 판단들은 인간이 인위적으로 비교하여 만들어낸 상대적 개념일 뿐이다. 이성과 판단과 논리로 도에 이를 수는 없다. 이 세상 그 어떤 것도 반대되는 짝 없이 존재하지 못한다. '도'는 이 모든 것을 아울러야 닿을 수 있다.

독일의 현악기 장인 마틴 슐레스케가 쓴 『가문비나무의 노래』를 읽었다. 바이올린을 제작하고 수리하는 과정에서 얻은 깨달음을 성서적 가치와 함께 시처럼 풀어낸 책이다. 나는 장인 정신을 실천하는 사람이 좋다. 한 가지 일에 파고들어서, 세심한 부분까지 다듬고 또 다듬어가면서 완성도를 높이고, 그 과정에서 자신 또한 단련해나가면서 궁극에는 그가 만든 작품처럼 자기 자신도 예술작품이 되어가는, 그런 길을 걷는 사람 말이다. 그들은 한 번 올라간 링에서 내려오지 않는다. 쓰러지고, 두들겨맞아도, 흥행이 잘되지 않더라도 꾸준히 "링 위에 머물면서 시합을 이어가는 권투 선수" 같다. 무라카미 하루키의 표현을 빌리자면 그렇다. 단 한 방의 흥행작으로 영원히 먹고사는 그저 그런 유명인이 아니라 멈추지 않고 자신의 일에 계속 헌신하면서 자기를 완성해가는 그런 부류의 사람이 바로 '장인'이다.

사람은 모두 저마다 고유한 가치를 지니고 세상에 태어납니다. 그러므로 우리는 스스로 자기를 존중해야 합니다. 우리는 성숙한 사람이 될 수는 있지만, 완전히 다른 사람이 될 수는 없습니다. 우리는 자기 본연의 모습을 믿고 받아들이며, 조금씩 더 나은 사람이 되어가야 합니다.

_『가문비나무의 노래』, 마틴 슐레스케, 유영미 옮김, 니케북스

이런 문장을 읽으면 융의 심리학을 따로 공부하지 않아도, 『도덕경』을 여러 번 읽지 않더라도 모든 인간은 주어진 소명에 헌신하는 과정에서 삶의 진리를 자연스럽게 체득하게 된다는 것을 알게 된다. 오히려 너무 공부로만 깨치려 하고 지적 능력으로만 진리에 도달하려고 하는 사람에게 『가문비나무의 노래』는 이렇게 경고한다. "행동보다 지혜가 많은 사람은 가지 많고 뿌리 얕은 나무와 같아서 바람이 불면 뿌리가 뽑혀 쓰러지고 만다." 삶의 본질은 이성적으로 얻어지는 것이 아니라고 조언한다. "어쩌면 본질적인 것은 우리의 이성으로 이해하는 것이 아니라, 불현듯 엄습해오는 것이 아닐까요? 오늘 당신을 엄습할 지혜에 마음의 문을 여십시오."

지혜란 '불현듯 엄습해오는 것'이라고 한다. 아, 이 얼마나 멋진 표현인가. 그러니 지혜를 얻으려면 어떻게 해야 하겠는가. 끊임없이 현실에 부딪히며 소명에 자기 자신을 던져넣어야 한다. 그렇게

자아를 벗어나 세상이 혹은 삶이 자신에게 던져준 숙제를 풀어나가는 과정에서 얻게 되는 것이 바로 지혜다. 자신을 완벽하게 만드는 데에만 몰두하는 것이 아니라, 자신에게 주어진 소명에 헌신하는 과정에서 나라는 사람도 완성된다.

하지만 융이 말하는 '자기'도, 노자가 도덕경을 통해 말한 '도'도 우리가 아무리 노력해도 완전히 이를 수는 없다. 비록 영원히 닿을 수 없어도 우리는 '자기실현'을 위해 꾸준히 나아가야 하는 것이다.

자신을 완벽하고, 대칭적이고, 흠결이 없는 사람으로 만드는 데에만 온 신경을 곤두세우는 것은 아무런 의미가 없다. 오히려 완벽하지 않음이 개성이 되고, 흠결이 존재해야 자기만의 고유한 울림이 생긴다.

삶의 진리를 담고 있는 책들은 서로 통한다. '도'를 노래하는 책도 '바이올린'을 이야기하는 책도 서로 다른 대상을 향해 있지만 그것이 말하는 본질은 같다.

묵묵히 나의 길을 걸어가는 수밖에

특정 종교를 믿지는 않는다. 가끔 환자가 나에게 종교가 뭐냐고 물을 때, 난감하다. 신앙심이 깊은 이는 꼭 이렇게 말한다.

"신도가 아니시면 내가 하는 말을 다 이해할 수 없을 텐데……."

하긴, 신앙에 뿌리 둔 타인의 깊은 마음을 내가 어떻게 다 헤아리겠는가.

불경도 읽어봤고, 성경도 읽어봤지만 특정 종교에 나를 묶어두고 싶지는 않다. 그렇다고 무신론자이냐 하면 그렇지는 않다.

세상의 일이나 사람의 일들 중에 '신이 없다면' 도저히 납득되지 않는 것이 있다. 신의 뜻이라고 믿을 수밖에 없는 일을 겪게 된다.

도저히 현실에서는 일어나지 않을 것 같은 일이 기적처럼 찾아오기도 한다. 신이 존재하지 않고는 도저히 일어날 수 없는 일이다. 그렇게밖에 설명되지 않는다. 그런 일들을 보고 겪으면서 '신은 반드시 존재해야만 한다'라고 믿게 되었다. 그리고 가끔은 세상의 모든 일들이 이미 신의 뜻에 따라 정해져 있다고 믿을 수밖에 없는 순간을 만난다.

마크툽Maktùb! 그저 내가 할 수 있는 일이라곤, 신이 이미 정해놓은 그 길 위를 계속 걸어가는 것밖에 없다.

마음의 상처는 어떻게 아무는가

"사랑받고 싶어요."

    오늘 하루 상담을 하면서 세 명의 내담자에게 똑같은 말을 들었다. 모두 명문 대학을 졸업했거나 재학중인 건장한 이십대다. 세속적인 기준으로 보면 사랑받을 만한 조건들을 갖고 있었다. 학벌 좋고, 재벌은 아니어도 넉넉한 집안에서 나고 자랐다. 또래들에게 인기를 끌 만한 매력도 많았다. 말솜씨 좋고, 표정이 풍부하고, 외모도 준수했다. 우울감이 심할 때를 제외하곤 패션 감각도 훌륭했다. 그런데도 "사랑받고 싶어요!"라며 울었다.

상처 때문이다. 마음의 상처가 아물지 않았기 때문이었다. 모두 저마다의 상처가 있었다. 일하느라 자신을 돌봐줄 시간이 없었고 감정적으로 냉담했던 어머니 때문에, 술에 취해 폭력을 휘둘렀던 아버지 때문에, 사춘기 시절 뚱뚱했던 자신을 놀리며 괴롭히던 친구들 때문에 생긴 상처였다. 이 모든 상처가 "사랑받고 싶어요"라는 호소로 모아졌다. 사랑받고 싶다는 간절한 바람은 "나는 너무 아팠어요"라는 외침이었다. 또다시 상처받고 싶지 않다는 절규였다.

면접에서 떨어지고, 직장 상사가 자신의 업무 성과를 비난하고, 첫눈에 반한 여인에게 작은 선물을 주며 자기 마음을 내보였지만 차가운 말로 퇴짜를 맞고는 "나도 사랑받고 싶어요"라며 아이처럼 눈물을 흘렸다. 거부당하고 거절당할 때마다 마음의 시계는 휘리릭 하고 상처의 그 순간으로 되감겨 돌아갔다. "그때 충분히 사랑받았더라면, 이런 일에 무너지지 않았을 거예요. 상처만 없었다면 지금의 나는 자존감 높고 행복한 사람이 되었을 거예요" 하면서.

"이번 생은 틀렸어요."

제발, 이런 말 쉽게 내뱉지 마라. 니체의 '영원회귀'를 들먹이지 않더라도, 이번 생을 부정하는 사람에게 다음 생이 (있는지 모르겠지만) 긍정적으로 찾아올 리 없다. 우리는 지금의 삶에 최선을 다해야 한다. 틀린 삶이란 없다. 자기 인생에 흠집이 났다고, 뭔가 잘못된 길로 왔다고, 뜻대로 흘러가지 않는다고 주저앉으면 안 된다. 우리가 할 수 있는 건, 매 순간 스스로에게 부끄럽지 않도록 최선을 다하는 길밖에 없다. 이미 지나온 시간이 마음에 들지 않는다고 앞으로 주어질 시간을 부정하는 것만큼 어리석은 일은 없다.

"무슨 이야기를 해야 할지 모르겠어요."

상담하러 온 사람이 "어떤 말을 해야 할지 모르겠어요"라며 머뭇거린다. 물론 이건 일차적으로 내 책임이 크다. 내담자가 편하게 자기 말을 할 수 있도록 만들어주었어야 하는데 그런 게 부족했던 것일 테니. 하지만 내담자의 저항을 불러일으킬 만한 특별한 계기랄 것도 없고, 상담을 처음 시작하는데 아무 말 없이 멀뚱멀뚱 있는 경우는 조금 난감하다. 여러 가지 이유로 말하기를 어려워한다는 걸 잘 안다. 그중 가장 큰 이유는 자신의 마음이 과거의 어떤 지점에 병적으로 고착되어 있기 때문이다.

이럴 때 내가 하는 말이 있다.

"자기 자신과 관련된 것이라면 무슨 말이라도 좋아요. 자주 하는 생각, 좋아하는 것, 자신의 믿음, 일상에서의 느낌, 기억과 경험들. 그 무엇이라도 좋아요. 자신과 관련된 이야기들이 모이고 모이면, 그리고 그것들이 차곡차곡 쌓이면 자신이 누구인지 자연스럽게 드러나요. 그러니 부담 갖지 말고, 자기에 관한 것이라면 무엇이라도 좋으니 이야기해주세요."

어떤 사람이 내뱉는 말은 그것이 무엇이라도, 자기 자신과 관계된다면 다 소중하다.

꼭 과거만 이야기해야 하는 건 아니다. 꼭 부모님에 대한 이야기만, 트라우마 이야기만 해야 하는 것이 아니다. 하루를 어떻게 보냈고, 무슨 공상에 종종 빠지는지, 자기가 무엇을 좋아하는지에 대한 이야기도 '그' 사람이 누구인지 '그' 사람의 마음이 어디를 향해 있는지 알아가는 데 소중하게 참고가 된다. 실현 가능성 없는 소망이나 꿈에 대한 이야기도 좋다. 이런 이야기들을 모아서 복잡한 마음 전체를 가늠해보는 일이 상담이니까.

오히려 너무 멀리 지나와버린 과거의 기억보다 현재와 앞으로 다가올 미래에 대한 이야기를 나는 소중하게 다룬다. 그렇다고 과거를 무시하거나 과거가 중요하지 않다는 건 아니다. 현재가 되어가는 미래에 대한 이야기가 사람의 마음과 행동을 변화시킨다고 믿기 때문이다. 우울에서 벗어나 활기를 되찾기 위해서는, 너무 오랫동안 곱씹어서 단물 다 빠진 껌 같은 과거의 상처를 반복해 이야기하는 것보다 다가올 미래를 말로 그려보는 게 더 중요하다고 믿기 때문이다.

  과거가 되어가는 현재와 현재가 되어가는 미래에 대한 서사로 우리는 앞으로 나아갈 수 있다. 아름다운 삶을 살기 위해서는 상처에도 불구하고 어떻게 살아갈 것인가에 대한 나만의 이야기가 필요한 것이다. 그 이야기에 따라 우리는 행동하고 성장한다. 버려지고 상처받은 아이가 그 누구도 가지 않은 길로 여행을 떠나 장애물을 뛰어넘고 훼방꾼을 무찌르며 전사가 되어가는 그런 이야기 말이다.

  '나'의 이야기는 디오니소스처럼 마음을 풀어놓고 욕망을 좇아 사는 것일 수도 있고 프로메테우스처럼 자기 힘으로 세상을 바꿔놓기도 하며 성자처럼 현실에서 한발 물러나 저 높은 곳에서 삶을 바라보며 지혜를 탐구하는 것일 수도 있다. 역경에서 살아남고, 세상 속에서 자신의 자리를 찾고, 유일무이한 자기를 완성해나가는 이야기를 갖고 있어야 한다. 자존감이라는 것도 나에 대한 그럴 듯한 이야기를 갖고 있느냐 없느냐에 따라 높다 느끼기도 하고 낮다 느끼기도 하는 것이다. 행복한 사람은 자신의 상처가 삶에서 어떤 의미인지에 대한 서사를 가지고 있다.

상처는 사라지지 않고 마음에 남아 "나는 누구이고, 무엇을 좋아하고, 무엇을 위해 살아야 하는지" 알려주는 신호가 된다. 그 신호는 아름다운 음악이 아니라 고막을 찢는 경적이고 큰 대가를 치러야만 의미를 이해할 수 있는 것이다. 상처는 목표를 만든다. 사랑받지 못한 상처는 사랑받기 위해 나를 움직이고, 사랑받을 만한 사람이 되도록 노력하게 만들고, 타인에게 사랑을 나눠줄 수 있을 만큼 나를 성장시킨다.

요즘 상담을 하러 온 청년들과 공식처럼 나누는 이야기가 있다.
"행복해지고 싶어요."
"왜 행복하지 못하다고 느끼는 건가요?"
"자존감이 낮아서요. 자존감이 높아지면 행복해질 것 같아요."

"자신이 자존감이 낮다고 판단하는 근거가 무엇인가요?"라고 물으면 "어린 시절에……"라면서 이런저런 마음의 상처를 받아서 자존감이 낮아졌다는 이야기가 이어진다. 그 상처가 없었다면 자존감 높은 사람이 되었을 것이고, 그러면 지금 행복하게 살고 있을 거라고 한다. 과연 그럴까? 정서적 고통과 짝지어진 기억은 뇌의 해마곁이랑에 새겨져 영원히 지워지지 않는 흔적을 남긴다. 그 기억이 떠오를 때마다 뇌의 편도체가 발광하며 과거의 그 경험을 다시 느끼게 만든다. 전두엽이 "불안해하지 마, 괜찮아"라고 아무리 진정시키려고 해도 달궈진 편도체는 쉽게 식지 않는다. 과거 때문에 지금의 내가 행복하지 않고 과거의 상처 때문에 자존감이 낮아졌다면, 아무리 시간이 흘러도 자존감이 높아질 수도 행복해질 수도 없는 것이다.

자존감을 높여준다는 수많은 방법들이 있지만, 진실은 단 하나다. 그건 바로 '있는 그대로의 자기를 받아들이는 것'이다. 수용Acceptance이라고 한다. 상처, 열등감, 실수와 실패의 기억, 눈을 질끈 감아버리고 싶게 만드는 자기의 못난 부분을 모두 끌어안는 것이다. 자존감을 올려보겠다고 과거의 상처를 파고드는 건 아무런 효과가 없다. 가능하지도 않지만 콤플렉스를 말끔히 날려버린다고 자존감이 높아지는 것도 아니다. 과거의 상처에서 벗어나려면 상처를 있는 그대로 받아들일 수 있어야 한다. 그것을 없애려고 애쓰지 않아야 한다. 상처에만 매달려서는 상처에서 자유로워질 수 없다. 그저 묵묵히 그 아픔을 다시 거둬들이는 길밖에, 우리가 할 수 있는 일은 없다.

물론 받아들이는 건 어려운 일이다. 머리로 알아도 마음은 그렇게 되지 않을 때가 많다. 솔직히 고백하자면 나도 잘 안 될 때가 많다. "받아들여라"라고 했지만 정신과 의사인 나도 내가 미울 때가 적지 않다. "있는 그대로의 나를 사랑해야지"라고 다짐하지만 나의 작은 키를 원망하고 평면적이고 투박한 내 얼굴이 싫다. 공개적으로 드러낼 수 없는 (죽을 때까지 가슴에 품고 가야만 하는) 깊은 상처를 가슴에 안고 아무렇지 않은 척, 살고 있을 뿐이다.

"선생님, 저 사랑하는 사람이 생겼어요. 연애하기 시작했어요."
"꼭 해보고 싶은 일이 생겼어요. 그 일을 하게 되었어요."
이런 말을 들으면 '이제 우울증에서 벗어나 진짜 자기 삶을 살겠구나!' 느끼게 된다. "우울하지 않아요. 잠을 잘 자요. 이제 괴롭지 않아요"라고 하는 게 아니라 "사랑하는 사람이 생겼어요, 일을 하기 시작했어요"라고 해야 '비로소 상처에서 벗어나기 시작했구나!'라는 믿음이 생긴다. 고통이 느껴지지 않아야 치유된 것이 아니라 여전히 아프지만 사랑을 하고 일을 할 수 있다고 말할 수 있어야 진짜 회복된 것이다.

상처를 없애려고 애쓰는 것이 아니라 자기를 벗어나 주어진 소명에 전념Commitment해야 자존감은 올라간다. 수용과 전념을 통해 나라는 사람은 어제보다 조금 더 성숙해진다. 자존감을 높여준다는 책을 읽고 연습 문제를 푼다고 자존감이 높아지는 게 아니다.

자신에게 주어진 삶의 조건들을 (아프지만) 받아들이고 삶이 던져준 소명에 헌신할 때 자연스럽게 커지는 것이 자존감이다. 자신을 사랑해야 행복해진다고 말하지만, 그것보다는 타인을 향해 사랑을 나눠주고 사랑하는 사람을 위해 희생할 때 비로소 행복해질 수 있다.

아름다운 삶이란 세상과 세상 사람들을 향해 멈추지 않고 행동할 때 일구어지는 것이다. 인생과 세상을 높은 시점에서 넓게 바라보고 진정한 자기 자신이 되기 위해 잠재력을 끌어올렸던 노력, 그 자체다.

상처는 한 번만 받겠습니다

초판 인쇄	2020년 7월 27일
초판 발행	2020년 8월 3일
지은이	김병수
책임편집	박선주
편집	이희숙 이희연
디자인	최정윤
제작	강신은 김동욱 임현식
마케팅	송승헌 이지민
홍보	김희숙 김상만 지문희 우상희 김현지
펴낸이	이병률
펴낸곳	달 출판사
출판등록	2009년 5월 26일 제406-2009-000034호
주소	10881 경기도 파주시 회동길 455-3
✉	dal@munhak.com
🐦❶❼	dalpublishers
전화번호	031-8071-8683(편집)
	031-8071-8671(마케팅)
팩스	031-8071-8672
ISBN	979-11-5816-116-3 03810

이 책의 판권은 지은이와 달에 있습니다.
이 책 내용의 전부 또는 일부를 재사용하려면
반드시 양측의 서면 동의를 받아야 합니다.
달은 (주)문학동네의 계열사입니다.

이 도서의 국립중앙도서관 출판예정도서목록(CIP)은
서지정보유통지원시스템 홈페이지 (http://seoji.nl.go.kr)와
국가자료종합목록 구축시스템(http://kolis-net.nl.go.kr)에서
이용하실 수 있습니다. (CIP제어번호: CIP2020028228)